PIES DE CIERVAS EN LOS LUGARES ALTOS

PIES DE CIERVAS
EN LOS
LUGARES ALTOS

PIES DE CIERVAS EN LOS LUGARES ALTOS

HANNA HURNARD

editorial clie

EDITORIAL CLIE
M.C.E. Horeb, E.R. n.º 2.910-SE/A
C/ Ferrocarril, 8
08232 VILADECAVALLS (Barcelona) ESPAÑA
E-mail: libros@clie.es
Internet: http:// www.clie.es

PIES DE CIERVAS EN LOS LUGARES ALTOS

CLÁSICOS CLIE

ISBN: 978-84-8267-472-8

Printed in USA

Clasifíquese:
2250 VIDA CRISTIANA
CTC: 05-33-2250-07
Referencia: 224716

Índice

PREFACIO A LA ALEGORÍA

Una mañana en nuestra misión en Palestina, mientras hacíamos la lectura bíblica diaria, una diminuta enfermera árabe leyó del devocional «Luz Cotidiana» una cita del libro del Cantar de los Cantares de Salomón que dice: «¡La voz de mi Amado! He aquí él viene, saltando sobre los montes, brincando sobre los collados» (Cantar de los Cantares 2:8). Cuando le preguntamos qué significaba ese versículo, miró hacia arriba con una feliz sonrisa de comprensión y dijo: «¡Significa que no hay obstáculo alguno que nuestro Salvador no pueda vencer; que para Él, las montañas de la dificultad son tan fáciles de escalar como un camino asfaltado!».

Desde el jardín trasero de la casa de la misión, al pie del Monte Gerizim, veíamos con frecuencia a las gacelas saltando por las laderas de la montaña, brincando de roca en roca con una soltura y agilidad extraordinarias. Sus gráciles movimientos y su capacidad para sobrepasar los obstáculos sin esfuerzo aparente, son uno de los más bellos ejemplos de triunfo y donaire que jamás haya visto.

¡Cuánto no anhelamos y deseamos también nosotros, los que amamos al Amoroso Señor y deseamos seguirle, esa misma capacidad para sobreponernos a todas las dificultades de la vida, y vencer en las pruebas y conflictos de la misma manera fácil y triunfante. Aprender el secreto de la vida victoriosa ha sido el deseo ardiente de todos aquellos que aman al Señor en cada generación.

A veces sentimos que daríamos cualquier cosa para poder vivir aquí -en esta tierra y durante esta vida- en los Lugares Altos de amor y victoria, para ser capaces de reaccionar siempre positivamente ante la maldad, la tribulación, la pena, el dolor y la adversidad, de forma que tales adversidades se transformaran siempre en motivos para la honra y gloria de Dios eternamente.

Como cristianos, sabemos (por lo menos en teoría) que en la vida de un hijo de Dios no hay segundas causas, y que aun las cosas más injustas y crueles -que aparentan sufrimientos inmerecidos- han sido permitidas por Dios como una oportunidad gloriosa para que reaccionemos positivamente a ellas, de tal manera que nuestro Señor y Salvador pueda duplicar en nosotros, paso a paso, su propio carácter divino.

El «Cantar de los Cantares» expresa el deseo implantado en cada corazón humano de ser fundido con el mismo Dios y llegar a una unión perfecta e inquebrantable con Él. Dios nos ha hecho para sí, y nuestros corazones nunca encontrarán reposo y satisfacción perfecta hasta que no lo encuentren en Él.

Es la voluntad de Dios que algunos de sus hijos vivan esta profunda experiencia de unión con Él por medio del amor humano a través del matrimonio. Para otros, es igualmente su voluntad que esa misma experiencia de unión perfecta con Él, la aprendan dejando de lado por completo el deseo instintivo de la vida en pareja, paternidad o maternidad, y aceptando la vocación o las circunstancias de la vida que les niegan tales privilegios. Este instinto por el amor (tan firmemente implantado en el corazón humano) es la forma suprema a través de la cual aprendemos a desear y amar a Dios sobre todas las cosas.

Los Lugares Altos de victoria y de unión con Cristo no se alcanzan mediante ningún tipo de patrón mental de considerarnos muertos al pecado, o imponiéndonos alguna forma de disciplina por la cual podamos ser crucificados. La única manera es aprendiendo a aceptar las condiciones y las pruebas que Dios permite en nosotros; y ello implica un continuo dejar de lado nuestra propia voluntad para aceptar la suya, tal y como se nos plantea en el día a día: en base al carácter y modo de ser de las personas que nos rodean y con las cuales tenemos que trabajar y convivir, y en base a las cosas que nos vayan aconteciendo.

Cada vez que aceptamos su voluntad, edificamos un altar de sacrificio; y cada rendición y abandono de nuestro Yo a su voluntad, se convierte en una etapa más del camino que ha de conducirnos a los Lugares Altos, a los cuales Él desea llevar a cada hijo suyo durante el tiempo que le toca vivir en esta tierra.

La experiencia de aceptar y triunfar sobre el mal; de familiarizarnos con una situación de pena y dolor, y descubrir luego que se transforma en algo precioso e incomparable; el aprendizaje a través de la rendición gozosa para conocer de ese modo al Dios de amor de una manera totalmente nueva y experimentar con él una unión inquebrantable, son la esencia de las lecciones alegóricas de este libro. Los Lugares Altos y los Pies de Cierva que describen estas páginas no se refieren a lugares celestiales después de la muerte, sino que simbolizan la experiencia gloriosa de los hijos de Dios aquí y ahora, si estamos verdaderamente dispuestos a seguir el sendero que él ha elegido para cada uno de nosotros.

Quiera el Señor usar estas líneas para confortar y traer consuelo a alguno de sus amados que en estos momentos se ve forzado a tener que convivir con la pena y la contrariedad; que camina en oscuridad y necesita luz; o se siente a sí mismo sacudido por tempestades.

La lectura de este libro puede proporcionarle una nueva visión de las cosas y ayudarle a entender el significado de lo que le está sucediendo, puesto que sus experiencias no son sino parte del proceso maravilloso por el cual el Señor está haciendo real en su vida la misma experiencia que hizo que David y Habacuc exclamaran triunfantes: «Quien hace mis pies como de ciervas, y me hace estar firme sobre mis alturas» (Salmo 18:33 y Habacuc 3:19).

PRIMERA PARTE

«Por la noche durará el lloro»
(Salmo 30:5)

CAPÍTULO I

Invitación a los Lugares Altos

Ésta es la historia de cómo Miedosa escapó de sus parientes, los Temerosos, y se fue en compañía del Rey-Pastor a los Lugares Altos, donde el «perfecto amor echa fuera el temor».

Este Rey-Pastor era un personaje sumamente extraordinario, pues -siendo soberano absoluto de todos aquellos territorios por donde se desenvuelve nuestra historia- a causa del gran afecto que sentía por todos sus súbditos, decidió dejar la capital de su Reino y vaciarse de toda su grandeza, para bajar al valle y vestir el traje humilde de pastor, a fin de compartir y conocer más de cerca a sus súbditos y poder ayudar mejor a su pueblo en sus necesidades. Y de manera especial en lo que respecta a la suprema necesidad de vencer sus temores, ya que la región donde los Temerosos residían se llamaba el «Valle de la Humillación y Sombra de Muerte» por lo que (aunque no diera esa sensación, pues todos hacían lo indecible para disimularlo y aparentar alegría), vivían aterrados ante el inevitable fin que les esperaba, tratando de sacar el mejor provecho posible de su pasajera existencia. Pero cuanto más lo procuraban, menos lo lograban, y su condición era de lo más mísera y desdichada, correspondiendo con exactitud a los nombres con que son designados en la presente alegoría.

Miedosa había estado por un tiempo al servicio del Rey-Pastor, viviendo con sus amigas y compañeras Misericordia y Paz, en una pequeña casita blanca situada en el pueblecito de Mucho Temor.

Su trabajo le gustaba y deseaba intensamente poder complacer al Rey-Pastor; pero -aunque desde que entró a su servicio era feliz de muchas maneras- era también consciente de algunas cosas que entorpecían su trabajo y le causaban mucho disgusto y vergüenza en lo recóndito de su corazón.

En primer lugar era mal formada: tenía los pies tan torcidos que a menudo la obligaban a cojear y tropezaba con frecuencia durante su trabajo; tenía también el defecto de una boca deforme que desfiguraba sensiblemente tanto su expresión como su habla; y era consciente de que estos defectos, por desgracia, suscitaban la repugnancia y el menosprecio de muchos que sabían que ella estaba al servicio del gran Rey-Pastor. Por eso, anhelaba con ansia verse libre de tales defectos para poder ser tan bella, grácil y fuerte como eran algunos de los otros obreros de su insigne Amo; y, sobre todo, su más íntimo anhelo era llegar a ser ella misma semejante al Rey-Pastor.

Pero mucho temía que no hubiera para ella liberación posible de tales desfiguraciones y que, por tanto, seguirían malogrando su trabajo y servicio para siempre.

Tenía, además, otro problema aún más grave. Pertenecía a la familia de los Temerosos, y sus parientes vivían esparcidos por todo el valle, de modo que no tenía manera de librarse de ellos. Siendo huérfana, se había criado en casa de su tía -la pobre señora Pesimista- en compañía de sus primos: Malhumorado, Apocado y el hermano de éstos, su primo Malicioso, que era un juerguista y un pendenciero que la atormentaba y perseguía habitualmente sin dejarla nunca tranquila.

Como muchas de las otras familias que vivían en el Valle de Humillación y Sombra de Muerte, todos los Temerosos odiaban al Pastor y trataban de boicotear el trabajo de sus siervos. Naturalmente, para ellos era una gran ofensa que alguien de su propia familia (Miedosa) hubiera entrado a su servicio. En consecuencia, hacían todo lo que podían, ya fuera mediante persuasiones o incluso amenazas, para que abandonara su empleo. Un día (triste para ella) la enfrentaron con la decisión unánime tomada por la familia, de que debía casarse con su primo Malicioso, dejar la casita que le había proporcionado el Pastor e instalarse a vivir entre su propia gente. Si se negaba a ello, la obligarían bajo amenazas y la forzarían a hacerlo.

La pobre Miedosa se sentía, por supuesto, horrorizada por la mera idea de tener que compartir su vida con Malicioso; pero sus parientes siempre la habían aterrado y nunca había sido capaz de resistir o ignorar sus amenazas. Así que, de entrada, aparentó someterse a su demanda; pero en su interior se repetía una y otra vez que nada la obligaría a casarse con Malicioso, aunque por el momento no fuera capaz de escapar de su presencia.

La desagradable reunión familiar en la que le comunicaron la noticia se alargó bastante; y cuando finalmente la dejaron ir, ya eran las primeras horas de la noche. Entonces, Miedosa recordó -con un suspiro de alivio- que el Rey-Pastor debía estar en aquellos momentos guiando sus rebaños a los lugares acostumbrados donde se abrevaban: a un estanque que había junto a una hermosa cascada en los confines del pueblo. Estaba acostumbrada a ir a este lugar cada día -por la mañana temprano- para encontrarse con él y aprender sus deseos y mandamientos para el día; y de nuevo al atardecer para rendirle un informe del trabajo realizado y actividades del día. Siendo que era la hora oportuna para encontrarle junto al estanque, pensó que probablemente él podría ayudarla y evitar que sus parientes la secuestraran y la forzaran a dejar su servicio, sujetándola a la esclavitud horrorosa que resultaría de su casamiento con Malicioso.

Presa aún del temor y sin tiempo para enjugar las lágrimas de su rostro, Miedosa cerró la puerta de su casita y se encaminó hacia la cascada y el estanque.

Saliendo del pueblo, comenzó a cruzar los campos mientras la luz tenue del atardecer cubría el valle con un brillo dorado. Más allá del río, las montañas que limitaban el valle por el lado Este -altas como torres de defensa- lucían teñidas de un color violáceo, y sus profundas gargantas se llenaban de bellas y misteriosas sombras alargadas.

En la paz y tranquilidad de este bello atardecer, la pobre y aterrada Miedosa llegó al estanque, donde el Pastor la estaba esperando, y le contó acerca de su horrible compromiso.

–¿Qué puedo hacer? -decía llorando cuando acabó su narración-. ¿Cómo podré escapar? En realidad, no me pueden forzar a casarme con mi primo Malicioso, ¿no es así? ¡Oh! -exclamaba ella, apesadumbrada por el mero pensamiento de tal perspectiva-, ya es bastante horrible ser Miedosa; pero pensar en ser la señora Miedosa-Cobarde-Maliciosa por el resto de mi vida, y que jamás podré escapar del tormento que ello implica, es superior a lo que puedo soportar.

–No temas -dijo amablemente el Pastor-. Estás a mi servicio; y, si confías en mí, te garantizo que nadie podrá forzarte a ningún compromiso en contra de tu voluntad. Pero nunca debes permitir que tus parientes Temerosos se metan en tu casita, porque son enemigos del Rey, quien te ha contratado para su tarea.

–Lo sé, oh, lo sé -lloraba Miedosa-; pero siempre que me encuentro con cualquiera de mis parientes, parece como que pierdo las fuerzas y simplemente no soy capaz de hacerles frente, no importa cuánto procure hacerlo. Mientras viva en el Valle no puedo evitar encontrarme con ellos. Están por todas partes y, ahora que han determinado someterme a su poder, nunca me atreveré a salir fuera de mi casita por temor a ser secuestrada.

Mientras hablaba, levantó sus ojos y miró -más allá del valle y el río- a los hermosos picos lejanos iluminados por el sol crepuscular; entonces exclamó en un anhelo desesperado:

–¡Oh, si tan sólo pudiera escapar de este Valle de Humillación y Sombra de Muerte y marcharme para siempre a los Lugares Altos, donde estaría fuera del alcance de los Temerosos y mis otros parientes!

No había acabado de pronunciar estas palabras cuando, para su total asombro, el Pastor le contestó:

—Largo tiempo he esperado escuchar de tus labios ese anhelo, Miedosa. Ciertamente, lo mejor para ti sería que dejaras este Valle y te marcharas a los Lugares Altos; y yo estaría muy complacido de guiarte a ese lugar. Los declives más bajos de esas montañas, al otro lado del río, son las fronteras del Reino de mi Padre: el Reino del Amor. Allí no existen temores de ninguna clase, porque «el perfecto amor echa fuera el temor y todo lo que atormenta».

Miedosa le miró con asombro.

—¡Ir a los Lugares Altos! -exclamó- ¿Y vivir allí? ¡Oh, si solamente pudiera! A lo largo de los últimos meses este anhelo nunca me ha abandonado. Pienso en ello día y noche; pero... no es posible, nunca podría llegar allí. Estoy demasiado maltrecha.

Mientras hablaba miró hacia el suelo, a sus pies malformados, y de nuevo sus ojos se llenaron de lágrimas, en un arranque de desesperación y autocompasión.

—Las montañas son muy escarpadas y peligrosas. Me dijeron que sólo los pies de los ciervos pueden moverse con seguridad en esos lugares.

—Es cierto lo que dices: subir a los Lugares Altos es a la vez difícil y peligroso -dijo el Pastor-. Tiene que serlo, para que ningún enemigo del Amor pueda ascender hasta allí e invadir el Reino. También es cierto que allí no se admite nada imperfecto o defectuoso, y que los habitantes de los Lugares Altos necesitan «pies de ciervo». Yo mismo los tengo -añadió con una sonrisa- y, como un joven ciervo o un corzo, puedo ir brincando por las montañas y saltando sobre los peñascos con la mayor facilidad y placer. Pero, Miedosa, yo podría formarte también a ti esos pies de cierva y colocarte sobre los Lugares Altos. De ese modo podrías servirme de una forma más completa y estar fuera del alcance de todos tus enemigos. Me alegro de oír que has estado anhelando subir allá y, como te dije antes, he estado esperando por mucho tiempo que me hicieras esta petición. Allí -agregó con otra sonrisa- nunca más tendrás que encontrarte con Malicioso.

Miedosa le miró con sospecha.

—¿Hacer mis pies como de cierva? -dijo- ¿Cómo puede ser esto posible? ¿Y qué dirán los habitantes del Reino del Amor ante la presencia de una pequeña maltrecha con una cara fea y una boca torcida, si nada imperfecto y feo puede habitar allí?

—Es verdad -dijo el Pastor-, que antes de que puedas vivir en los Lugares Altos tendrás que ser transformada; pero si de veras tienes deseos de ir conmigo, prometo ayudarte a desarrollar los pies de cierva. Allí arriba en las montañas, a medida que te acercas al sitio real de los Lugares Altos, el aire es más fresco y vigorizante (fortalece todo el cuerpo) y hay manantiales con maravillosas propiedades salutíferas, donde aquellos que se bañan en ellos descubren que todos sus defectos y deformidades desaparecen. Pero hay algo más que debo decirte. No sólo tendré que transformar tus pies en pies de cierva; además tendrás que cambiar de nombre, puesto que sería imposible para una Miedosa (como para cualquier otro miembro de la familia de los Temerosos) entrar en el Reino del Amor. ¿Estás dispuesta, Miedosa, a ser transformada y a recibir un nombre nuevo que te haga ciudadana del Reino del Amor?

Ella asintió con su cabeza y dijo muy seria:

—Sí, lo deseo.

Él sonrió de nuevo, pero añadió también muy serio:

—Todavía hay una cosa más: la más importante de todas. A nadie se le permite morar en el Reino del Amor, a menos que tenga la flor del Amor floreciendo en su corazón. ¿Ha sido plantada la flor del Amor en tu corazón, Miedosa?

Mientras decía esto, el Rey-Pastor la miraba muy fijamente. Ella se daba cuenta de que sus ojos estaban escudriñando dentro de las profundidades de su corazón, y que conocía todo lo que había allí mucho mejor que ella misma. Guardó silencio por un largo tiempo y no respondió, pues no estaba segura de qué podía decir; se limitó a mirar vacilante a aquellos ojos penetrantes que la observaban y se percató de que tenían el poder de reflejar aquello sobre lo cual miraban.

De ese modo, pudo ver su propio corazón tal como él lo veía; por tanto, después de una larga pausa, contestó:

—Creo que lo que actualmente está creciendo en mi corazón es un gran anhelo de experimentar el gozo del amor humano, del amor natural, y de aprender y ejercitar en forma suprema el amor hacia una persona que me ame recíprocamente. Pienso, no obstante, que este deseo natural (aunque bueno, según parece) no es exactamente el Amor del cual tú me estás hablando.

Hizo una nueva pausa; entonces añadió con una total sinceridad y casi temblando:

—Veo que el anhelo de ser amada y admirada crece en mi corazón, Pastor; pero no creo que ésa sea la clase de Amor del que Tú me estás hablando (o al menos, no es nada parecido al amor que puedo ver en ti).

—Entonces, ¿me dejarás plantar en tu corazón la semilla del Amor verdadero ahora? -preguntó el Pastor-. Pasará algún tiempo antes de que desarrolles los pies de cierva y puedas escalar los Lugares Altos;

y si pongo la semilla en tu corazón ahora, estará lista para florecer cuando llegues allí.

Miedosa se encogió y retrocedió unos pasos.

–Tengo miedo -dijo-. Oí decir que si de verdad amas a alguien, le estás dando a esa persona el poder para herirte y causarte un dolor mayor del que cualquier otra persona pueda hacer.

–Eso es verdad -asintió el Pastor-. Amar significa someterte al poder de la persona amada y volverte muy vulnerable al dolor; y tú le tienes mucho miedo al dolor, ¿no es cierto Miedosa?

Ella asintió con un semblante triste y reconoció con cierta vergüenza:

–Sí, tengo mucho miedo.

–¡Pero es tan maravilloso amar! -dijo él pausadamente-. Amar es maravilloso aun cuando tu amor no sea correspondido. Hay dolor en ello, ciertamente, pero el verdadero Amor no lo toma en cuenta y no le da importancia.

Miedosa, súbitamente, se percató de que él tenía los ojos más pacientes que jamás hubiera visto (aunque, al mismo tiempo, había también en ellos algo que le hería en el corazón, a pesar de que no pudiera explicar por qué); de modo que permaneció en una actitud retraída, de temor, hasta que finalmente se atrevió a decir (aunque hablando con rapidez, porque en cierto modo se sentía avergonzada de lo que decía):

–Nunca me atrevería a amar a menos que estuviese segura de ser correspondida. Si te dejo plantar la semilla del Amor en mi corazón, ¿me darás tu promesa de que ese amor será correspondido? No podría sobrellevarlo de otra manera.

Él la miró y dibujó la sonrisa más dulce que jamás había visto; pero de nuevo -y por la misma razón inexplicable que la vez anterior- trató de hacerla reaccionar con una frase enigmática, diciéndole:

–Sí, no te quepa duda. Te prometo que, cuando la planta del Amor esté a punto de florecer en tu corazón y cuando estés lista para cambiar tu nombre, entonces serás amada.

A Miedosa le sacudió un estremecimiento de gozo de los pies a la cabeza. Todo ello era muy extraño y le sonaba demasiado maravilloso para creerlo; pero era el Pastor mismo quien le estaba haciendo la promesa, y de una cosa estaba bien segura: él no podía mentir.

–Por favor, siembra la semilla del Amor en mi corazón ahora -dijo con voz trémula. (Aun cuando acababan de hacerle la promesa más grande del mundo, la pobre alma de Miedosa seguía aún llena de temores).

El Pastor introdujo una mano en su pecho y sacó de allí algo que puso en la palma de su otra mano. Entonces extendió esa mano hacia donde estaba Miedosa, y le dijo:

—He aquí la semilla del Amor.

Ella se inclinó para mirarla y dio un salto hacia atrás con un grito de espanto. Ciertamente, en la palma de su mano había una semilla, pero era una semilla que tenía la forma de una espina, larga y puntiaguda. Miedosa había observado en otras ocasiones que las manos del Pastor estaban llenas de heridas y cicatrices; pero ahora veía que la cicatriz que había en la palma que sostenía la semilla tenía la misma forma y tamaño que la semilla del Amor.

—La semilla parece muy aguda y punzante -dijo ella asustada-. ¿No me hará daño si la introduces en mi corazón?

Él le respondió dulcemente:

—Es tan aguda que se introduce muy deprisa. Pero, Miedosa, ya te he advertido que el Amor y el dolor van juntos, al menos por un tiempo. Si quieres descubrir el Amor, has de aceptar también el dolor.

Miedosa miró a la espina y se estremeció. Entonces miró al rostro del Pastor y repitió las palabras que había oído:

—Cuando la semilla del Amor plantada en tu corazón esté lista para florecer, podrás ser amada.

Y al decir esto, sintió como si algo le infundiera un nuevo y extraño sentimiento de valentía. Súbitamente, dio un paso adelante, desnudó su pecho y dijo:

—Por favor, planta la semilla del Amor en mi corazón.

El rostro del Pastor se iluminó con una sonrisa de gozo y dijo con una nota de regocijo en su voz:

—A partir de ahora estarás en situación de ir conmigo a los Lugares Altos y ser una ciudadana del Reino de mi Padre, sin impedimentos ni temor.

Entonces presionó la espina dentro de su corazón. Tal como le había advertido, al introducirla le causó un dolor agudo y penetrante; pero lo hizo muy rápidamente y, una vez dentro, de pronto sintió que una dulzura como nunca antes había imaginado se apoderaba de ella.

Era una dulzura con un dejo amargo, pero lo dulce era más fuerte. Entonces recordó las palabras del Pastor: «Es maravilloso el poder amar». Sus pálidas mejillas se encendieron súbitamente adquiriendo un tono rosado y sus ojos brillaron con mayor intensidad. Por un momento, Miedosa no parecía asustada en absoluto; todo lo contrario: su boca torcida había tomado una curvatura armoniosa, y los ojos brillantes y las mejillas rosadas le daban un aspecto más hermoso.

—¡Gracias, gracias! -decía llorando arrodillada a los pies del Pastor-. ¡Qué bueno eres! No hay nadie en todo el mundo tan bueno y amable como Tú. Iré contigo a las montañas, confiaré en Ti para que hagas mis pies como de cierva y me coloques en los Lugares Altos.

–Y yo siento más gozo aún que tú -dijo el Pastor-, pues lo que dices me demuestra que has comenzado a actuar de forma que me permitirá, en su momento, cambiar tu nombre. Pero hay una cosa más que debo decirte: te llevaré al pie de las Montañas yo mismo, de manera que no correrás ningún peligro de parte de tus enemigos. Después tendrás dos compañeras especiales que yo he elegido para guiarte y ayudarte en los pasajes difíciles y escarpados, en tanto tus pies sigan lisiados y te obliguen a cojear y andar despacio. No me verás en todo momento, Miedosa, pues como te he dicho, estaré saltando de un lugar a otro por las montañas y las colinas, y al principio no estarás capacitada para mantener el ritmo que te permita acompañarme; eso vendrá después. Sin embargo, debes recordar que, tan pronto como alcances las laderas de las montañas, hay un maravilloso sistema de comunicación (de un confín a otro del Reino del Amor) y yo podré oírte siempre que me hables. Siempre que me llames para que venga en tu ayuda, te prometo acudir enseguida. Mis dos siervas, elegidas para ser tus guías, te estarán esperando al pie de las montañas. Recuerda que las he elegido personalmente con gran cuidado, porque son las dos más capaces de ayudarte y asistirte hasta que puedas desarrollar pies de cierva. Supongo que las aceptarás con gozo y les permitirás ser tus ayudadoras, ¿no es así?

–¡Oh, sí! -contestó ella sonriéndole gozosa-. Estoy completamente segura de que Tú sabes qué es lo mejor para mí, y por tanto lo que hayas escogido me parece perfecto. (Y añadió con regocijo): Me da la impresión de que nunca más volveré a sentir temor.

El Pastor miró con dulzura a la pastorcita, que acababa de recibir la semilla del Amor en su corazón y se estaba preparando para acompañarle a los Lugares Altos, y sintió por ella una enorme comprensión. Conocía íntimamente todos los rincones de su desolado corazón mucho mejor de lo que ella misma se conocía. Nadie sabía mejor que él que el proceso de crecer hasta poder recibir un nuevo nombre es un proceso largo; pero de momento no se lo dijo. Se limitó a mirar aquellas mejillas encendidas y aquellos ojos brillantes por la ilusión -que en un momento habían mejorado la apariencia de la poco agraciada Miedosa- con una mezcla de piedad, ternura y compasión.

Entonces le dijo:

–Vete a casa y haz los preparativos necesarios para partir. No debes tomar nada contigo; solamente déjalo todo en orden. No digas nada a nadie acerca de tu partida, puesto que un viaje a los Lugares Altos ha de ser un asunto secreto. No puedo decirte el momento exacto en que iniciaremos el viaje hacia las montañas, pero será pronto y debes estar preparada para seguirme a cualquier hora que vaya a tu casita a llamarte. Te daré una señal secreta: cantaré la canción del Pastor cuando pase

frente a tu casita y contendrá un mensaje especial para ti. Cuando la
oigas, sal en seguida y sígueme.

El sol ya se había ocultado en el horizonte dejando una llamarada de
oro rojizo. Las montañas del Este estaban veladas con un gris nebulo-
so y las sombras comenzaban a alargarse. El Pastor se dio la vuelta y
emprendió la marcha al frente de su rebaño hacia el redil. Miedosa regresó a su casita con el corazón lleno de felicidad y entusiasmo, y con
el convencimiento de que nunca más volvería a experimentar temor.

En el camino de regreso, mientras cruzaba los campos, cantaba
una de las canciones de un antiguo libro que el Pastor usaba muy a
menudo; una canción que nunca antes le había parecido tan dulce y
apropiada:

> El «Cantar de los Cantares»...
> la más hermosa canción;
> la canción de amor al Rey
> más grande que Salomón.
>
> Su nombre es vaso quebrado,
> que derrama dulce amor
> a los que amar desean
> a través de su dolor.
> Atráeme en pos de ti,
> Electo del corazón;
> correremos muy felices,
> unida a Ti por amor.
>
> No me miréis con desdén
> porque morena soy yo;
> que, aunque manchada y maltrecha,
> el Rey me encontró y amó.
>
> Y, amante, depositó en mí
> la semilla del amor,
> que me hará, ¡oh, sí!, perfecta
> como el clarear del sol.

(Cantar de los Cantares 1:6)

Siguió cantando a través del primer campo y estaba por la mitad del
segundo cuando de pronto vio a Malicioso que se dirigía hacia ella.
¡Pobre Miedosa! Por un instante se había olvidado de sus horribles

parientes, y he aquí que ahora el más detestable de todos venía directamente hacia ella. Su corazón se llenó de un pánico terrible. Miró a derecha e izquierda, pero no había donde esconderse, y además era demasiado obvio que él la había visto y venía directamente a su encuentro, puesto que apresuró sus pasos y en unos momentos estaba justamente a su lado.

Con un horror que le helaba el corazón, le escuchó decir:

—Vaya, por fin has aparecido, prima Miedosa. Así que vamos a casarnos, ¿no? ¿Y qué opinas de ello?

Al decir esto le apretó la mano, en apariencia jugando, pero con la fuerza y maldad suficiente como para hacerla suspirar y morderse los labios aguantando un grito de dolor.

Miedosa se detuvo, retrocedió unos pasos y se estremeció con terror y repugnancia. Desgraciadamente, esto es lo peor que podía haber hecho, pues era obvio que demostrar temor era lo que más le animaba a él a seguir atormentándola. Si le hubiera ignorado, se habría cansado pronto de molestarla y la habría dejado en paz para ir en busca de otra presa. Sin embargo, Miedosa nunca había sido capaz en toda su vida de ignorar a Malicioso; y en esta ocasión estaba más allá de su capacidad ocultar el terror que sentía.

Su cara pálida y sus ojos aterrorizados la delataron y tuvieron de inmediato un efecto estimulante en el deseo que sentía de molestarla. Estaba sola y totalmente a su merced. La agarró de nuevo, y la pobre Miedosa dejó escapar un grito de pánico. Pero, en ese preciso instante, Malicioso quedó paralizado y huyó.

El Pastor se había acercado sin ser visto y estaba de pie junto a ellos. Una simple mirada de sus ojos llameantes, su rostro severo y el grueso garrote que llevaba en la mano eran más que suficientes para que el pendenciero se diera a la fuga. Malicioso se escabulló como un perro apaleado, corriendo hacia los lindes del pueblo sin saber a dónde iba, pero espoleado por el instinto de encontrar un lugar seguro.

Miedosa rompió a llorar. Debía haber sabido que Malicioso era un cobarde, y que tan sólo con que le hubiera levantado la voz y llamado al Pastor se hubiera alejado sin tocarla. Pero ahora tenía el vestido rasgado y revuelto, los brazos magullados por el apretón del insolente, y estaba sobrecogida de vergüenza por haber actuado de acuerdo a su vieja naturaleza y a su viejo nombre (el cual ella esperaba que ya hubiera comenzado a cambiar).

Le invadió la sensación de que se le haría imposible ignorar a los Temerosos, y mucho menos resistirles. No se atrevió a mirar al Pastor; si lo hubiera hecho, habría visto con cuánta compasión la estaba mirando. No se daba cuenta de que el Príncipe del Amor «siente una especial ternura y compasión hacia los que tienen miedo». Suponía que, como todos los demás, la estaría censurando y menospreciando por sus absurdos temores y, en consecuencia, se limitó a mascullar un tímido: «Gracias».

Después, sin mirarle, se marchó cojeando lastimeramente hacia el poblado, llorando con amargura mientras se repetía a sí misma: «¿Qué sentido tiene para mí el pensar siquiera en ir a los Lugares Altos? Nunca podré alcanzarlos, pues hasta la cosa más insignificante me infunde miedo y me hace volver atrás».

Sin embargo, cuando finalmente alcanzó la seguridad de su casita, comenzó a sentirse mejor, y después de tomar una taza de té y cenar, se sentía ya tan recuperada que fue capaz de recordar y repasar mentalmente lo que le había sucedido esa tarde junto a la cascada y el estanque. De pronto, dando un brinco de admiración y deleite, recordó que la semilla del Amor había sido plantada en su corazón. Y al pensar en ello, se sintió de nuevo invadida por la misma dulzura inefable e inmensurable; una dulzura con cierto sabor amargo, pero que le producía un delicioso éxtasis de una nueva felicidad.

«Poder amar es algo maravilloso -se dijo-; amar es maravilloso». Puso un poco de orden en la casita y, como se sentía sumamente cansada por todas las emociones de aquel extraño día, se fue a la cama. Allí -tumbada encima de la cama y antes de dormirse- cantó repetidamente otra de las hermosas canciones del viejo libro.

> *¡Oh, tú, a quien ama mi alma,*
> *dime do apacientas tu rebaño;*
> *dónde le llevas contigo al mediodía*
> *para que, libre, no reciba daño!*
> *Quiero saberlo, pues ¿por qué iría*
> *al aprisco de otros compañeros?*
>
> *¿Quieres saberlo tú, amada mía,*
> *de mi vida el amor, mi Sunamita?*
> *Pues guío, paso a paso, mi rebaño*
> *por la senda do van mis ovejuelas;*
> *pues quiero yo también tu compañía*
> *si pretendes gozar tú de la mía.*

(Cantar de los Cantares 1:7,8)

CAPÍTULO II

La Invasión de los Temerosos

A la mañana siguiente, Miedosa se levantó temprano y todos sus temores se habían esfumado. Su primer pensamiento fue: «Probablemente, en algún momento del día de hoy, iniciaré mi ascenso a los Lugares Altos con el Pastor». Esto la tenía tan entusiasmada que casi fue incapaz de desayunar y, mientras hacía los preparativos para la partida, no dejaba de cantar.

Le daba la sensación de que desde que la semilla del Amor había sido plantada en su corazón, de lo más íntimo de su ser surgían constantemente canciones gozosas; y los cánticos que mejor expresaban esta nueva felicidad y gratitud que sentía, eran los del antiguo libro que los pastores tanto amaban y usaban mientras apacentaban los rebaños. De modo que, mientras hacía los sencillos preparativos que el Pastor le había ordenado, comenzó a cantar otra de esas canciones.

Mientras que el rey se reclina a su mesa,
mi nardo difunde su fragancia.
¡He aquí que eres hermosa, amiga mía,
hermosa como el sol de la mañana!

Tus ojos son como las palomas,
llenos de inocencia y de candor.
—Esto no es sino lo que te dicta,
¡oh, amado!, tu noble corazón.

Hijas de Jerusalén:
Soy, ¡oh sí, sabedlo bien!,
morena como las tiendas
de Cedar, en Israel;
mas bella cual las cortinas
que dispuso Salomón
para esconder a su amada
de los rigores del sol.

> *Por ser morena se airaron*
> *mis hermanos contra mí;*
> *pusiéronme a guardar viñas*
> *haciéndome así infeliz.*
> *Y la viña que era mía,*
> *indolente, no guardé.*
> *Mas… con todos mis defectos,*
> *me amó el Rey; no sé por qué.*

(Cantar de los Cantares 1: 2-15)

De cuando en cuando, mientras trabajaba, su corazón se agitaba, en parte por la emoción y en parte por el temor a lo desconocido; pero siempre que recordaba la espina sembrada en su corazón, se sentía inundada de pies a la cabeza por la misma dulzura misteriosa. Había descubierto que también para ella -para la pobre y poco agraciada Miedosa- existía el Amor. Cuando alcanzara los Lugares Altos, sus defectos humillantes desaparecerían y se convertiría en una mujer hermosa; y cuando la semilla sembrada en su corazón, convertida en planta, estuviera lista para florecer, experimentaría lo que es ser amada. Pero, aun cuando pensaba estas cosas, la duda se mezclaba con la dulzura, y se decía: «Temo que no sea verdad; que no sea más que un sueño hermoso, lejos de la realidad». «¡Oh!, temo que eso nunca sucederá» -repetía dentro de sí. Entonces, pensaba en el Pastor; su corazón se agitaba nuevamente y corría hacia la puerta o la ventana para ver si él venía ya a llamarla.

Así pasó toda la mañana, y el Pastor seguía sin venir; en cambio, justo pasado el mediodía, lo que vino fue algo muy desagradable: una visita (o mejor deberíamos decir una invasión) de sus horribles parientes, los Temerosos. Súbitamente, y antes de que pudiera darse cuenta de lo que sucedía, ya estaban todos dentro de su casita. Primero escuchó un rumor de pies pesados; después un clamor de voces; y, de pronto, se vio rodeada por todo un ejército de tíos, tías y primos. Sin embargo, Malicioso no estaba con ellos. Sus familiares -conscientes del mal encuentro que habían tenido la tarde anterior y conocedores de cómo ella le había rechazado con un particular terror- pensaron que llevarlo con ellos no sería muy prudente.

Pero estaban decididos a no admitir ningún tipo de objeciones por parte de Miedosa con respecto al matrimonio entre ambos; y acordaron que, si era necesario, la sacarían por la fuerza de su casita y se la llevarían a una de las suyas. Su plan era apoderarse de ella mientras estuviera sola en la casita y el Pastor lejos con sus rebaños; de este modo estaría a su merced. Sabían que no les sería posible llevársela por la fuerza a plena luz del día; pues, de intentarlo, había siervos del Pastor en el poblado que vendrían enseguida en su auxilio; pero conocían la timidez y debilidad de Miedosa, y creían que, siendo ellos muchos, conseguirían intimidarla para que se aviniera a acompañarles voluntariamente a la mansión de Malicioso. Allí la tendrían en su poder.

Poco después llegó el propio Malicioso y comenzó a cortejarla, asegurándole (en un tono de voz paternal) que todos ellos habían venido con amabilidad y con las mejores intenciones; que entendía algunos de sus reparos y objeciones al matrimonio propuesto; y que, por tanto, quería una oportunidad de conversar sobre ello calmadamente para ver si había posibilidad de llegar a un acuerdo. Estaba convencido de que ella representaba para él una pareja muy conveniente y atractiva en todos los aspectos; y que sin duda podrían arreglar fácilmente, con una charla juntos en tono amigable y comprensivo, cualquier malentendido o reserva mental que hubiera. En caso contrario, le aseguró con la mayor amabilidad que tampoco él accedería jamás a casarse con ella en contra de su voluntad.

Tan pronto como Malicioso terminó su discurso, todos le hablaron a la vez, tratando de razonar con ella y haciéndole toda clase de propuestas. Según ellos, el problema venía de que -al haber permanecido por tanto tiempo alejada de sus familiares- ahora tenía prejuicios e ideas extrañas con respecto a sus intenciones para con ella. Lo más acertado, por tanto, sería que pasara una temporada con ellos y así les daría la oportunidad de demostrar que les había juzgado mal.

En su apariencia física, Malicioso no era muy apuesto y agraciado (digamos que no era precisamente un príncipe de cuento de hadas), y además tenía un carácter áspero y desagradable (aunque, según decían sus familiares, esto último era debido a que carecía de las influencias suavizantes y refinadoras de la vida matrimonial, y muchos aseguraban que las responsabilidades y goces de la vida de casado le cambiarían el carácter y obrarían en su comportamiento una transformación renovadora). Por ello, todos coincidían en que para Miedosa sería un privilegio formar parte de este proceso de cambio, que todos esperaban y tanta falta le hacía.

La pandilla siguió charlando y charlando, mientras la pobre Miedosa permanecía sentada en medio de todos, demasiado aturdida para saber qué era lo que estaban diciendo y proponiendo. Tal como habían planeado, la estaban llevando gradualmente a su terreno, a un estado de turbación y miedo incoherente, y todo hacía pensar que muy pronto lograrían convencerla de que su deber era aceptar la tarea imposible de reeducar y refinar al impresentable de Malicioso y transformarlo en algo más digno y menos objetable. En éstas estaban cuando, de pronto, un sonido procedente del exterior les interrumpió.

Cuando invadieron la casita de Miedosa, los Temerosos cerraron la puerta y atrancaron la cerradura de manera que no pudiera escapar; pero ahora se escuchaba en la distancia el sonido de la voz de un hombre que cantaba una canción (una de las canciones del viejo libro que Miedosa conocía bien y tanto le gustaba). En unos pocos minutos pudieron distinguir claramente su silueta, que se acercaba despacio por el camino: era el Rey-Pastor, que conducía su rebaño a los lugares de aguas de reposo. La música y la letra de la canción penetraban a través de la ventana abierta, acompañadas por el suave balido de las ovejas, que se mezclaba con el rumor de sus patas arrastrándose por el polvo.

Mientras pasaba frente a la casita de Miedosa, parecía como si el Canto del Pastor hubiera acallado todos los demás ruidos de aquella tarde tranquila de verano. Incluso dentro de la casita, el clamor de voces había cesado repentinamente y se hizo un silencio que casi podía palparse. Esto era lo que el Pastor cantaba:

> *Oye la voz de tu amado*
> *que viene desde los montes,*
> *saltando entre los collados,*
> *porque el amor se lo impone.*

> *Está junto a la pared*
> *esperándote, ¡oh, amor!*
> *Mirando por la ventana*
> *aguarda tu decisión.*

> *Levántate, amada mía,*
> *mi paloma, mi ilusión;*
> *y ven fuera, que el invierno*
> *con sus rigores pasó.*

> *Las flores están brotando*
> *en este tiempo gentil;*
> *las aves están cantando,*
> *pues termina el mes de abril.*

> *Tórtolas enamoradas*
> *dejaron oír su voz,*
> *llamando a sus parejas*
> *a la salida del sol.*

Las viñas están en ciernes,
la higuera lo está también.
¡Levántate, amada mía,
sal al campo de Belén!

¿Dónde se esconde mi amada,
que en la puerta no esperó
cuando yo vengo a buscarla?
¡Oh! Déjame oír tu voz.

Porque dulce es la voz tuya
y muy bella para mí;
más que por lo que tú eres,
por lo que he de hacer en ti.

(Cantar de los Cantares 2:8-14)

Sentada en el salón de su casita, rodeada de sus parientes, Miedosa escuchaba la canción con un dolor profundo y una terrible congoja, consciente de que el Pastor la estaba llamando para partir con él a las montañas. Era la señal secreta de la que le había hablado; y le había dicho que, cuando la escuchara, debería estar lista para salir de su casita al instante. Pero ahora ahí estaba: encerrada dentro, rodeada de sus terribles parientes Temerosos, e incapaz de responder en modo alguno al llamado del Pastor, ni emitir tan siquiera la más mínima señal de que necesitaba auxilio.

Durante unos cortos instantes -cuando comenzó a escucharse la canción y todos quedaron en silencio- había tenido su gran oportunidad para gritar y llamar al Pastor para que acudiera en su ayuda (aprovechando que los Temerosos habían cesado en su griterío a fin de no llamar la atención del Rey-Pastor); y si ella hubiera aprovechado el silencio para gritar y llamar al distinguido personaje, todos los Temerosos hubieran huido en tropel. Pero estaba demasiado aturdida para aprovechar esa oportunidad, y cuando lo pensó ya era demasiado tarde. La pesada mano de Malicioso le tapaba la boca y otras manos la sujetaban firmemente contra la silla. El Pastor pasó despacio por delante de la casita «mostrándose por la ventana» y cantando su canción -que era la señal- pero sin recibir respuesta de ninguna clase.

Cuando se alejó y las palabras de la canción se perdieron junto con el rumor de las ovejas en la distancia, Miedosa se había desmayado. Las manos de su primo, que la amordazaban, la habían sofocado. Sus parientes hubieran querido aprovechar esta oportunidad para llevársela mientras estaba inconsciente, pero -como era la hora en que todos los habitantes del pueblo regresaban a casa de su trabajo- pensaron que era demasiado peligroso, y decidieron, por tanto, quedarse en la casita hasta que se hiciera de noche; entonces, la amordazarían y se la llevarían.

Tomadas las decisiones y trazado el plan, la colocaron encima de su cama para que se recuperara un poco. Mientras, algunas de sus tías se apoderaron de la cocina dispuestas a organizar una buena comilona; los hombres se sentaron a fumar en la sala; y Tenebrosa se quedó de guardia junto a Miedosa (semi-inconsciente) en el dormitorio.

Gradualmente, Miedosa fue recuperando el sentido, y al darse cuenta de su situación casi se desmaya otra vez, horrorizada. No se había atrevido a gritar pidiendo auxilio, imaginando que todos los vecinos se encontraban lejos, en sus trabajos. Pero ¿era realmente así? Pues no, ya que en ese momento escuchó la voz de la señora Valiente, su vecina de la casa de al lado.

Al oír su voz, Miedosa hizo un último y desesperado intento para escapar. Como Tenebrosa no estaba preparada para la súbita reacción de su prisionera, antes de que pudiera darse cuenta de lo que estaba pasando, Miedosa había saltado de la cama y estaba gritando por la ventana tan fuerte como su miedo se lo permitía:

–¡Valiente, Valiente! ¡Venga y ayúdeme! ¡Venga rápido! ¡Auxilio!

Tan pronto escuchó el primer grito, la señora Valiente miró a través del jardín y captó de un vistazo el rostro aterrorizado y pálido de Miedosa en la ventana, que le hacía señales suplicantes con la mano. Momentos después, la cara de Miedosa desapareció repentinamente de la ventana con un tirón y alguien corrió rápidamente la cortina. Fue suficiente para la que la señora Valiente, cuyo nombre correspondía a su carácter, se percatara de lo que estaba sucediendo. Se apresuró hacia la casita de su vecina y trató de abrir la puerta, pero encontró que estaba atrancada; miró a través de una ventana y vio la habitación llena de parientes de Miedosa.

Valiente no era persona fácil de intimidar, y era poco probable que lo que ella calificaba como «un hatajo de Temerosos inútiles» consiguiera hacerlo. De modo que, mirando a los intrusos a través de la ventana, gritó con voz amenazante:

–¡Fuera de esta casa! ¡Márchense ahora mismo! Si no se han largado en tres segundos, llamaré al Pastor dueño de esta casita y van a saber lo que es bueno si él les encuentra aquí.

El efecto de sus palabras fue mágico. Desatrancando la puerta y abriéndola de par en par, los Temerosos se lanzaron a la calle en tropel compitiendo por ver quién salía más pronto. Y mientras contemplaba la ridícula y desordenada fuga, la señora Valiente sonreía de satisfacción. Cuando el último de los Temerosos se hubo alejado, entró en la casita y fue a donde estaba Miedosa sobrecogida por el temor y la ansiedad. Poco a poco, Miedosa la fue poniendo al corriente de lo sucedido durante aquellas horas de angustia y del plan urdido para secuestrarla tan pronto oscureciera.

La señora Valiente -que no conocía el miedo y acababa de demostrarlo ahuyentando a toda la cuadrilla de los Temerosos- pensó que debía adoptar en parte una actitud comprensiva y consoladora con Miedosa, pero que también debía reprenderla por haber sido tan apocada y no haber rechazado con valentía a sus parientes; y por otro lado aconsejarle que en el futuro actuara con más firmeza, antes de que intentaran atraparla de nuevo en sus garras. Pero en cuanto vio la cara de la pobre Miedosa, pálida como la cera, sus ojos llenos de terror y su cuerpo tembloroso, cambió de opinión y se refrenó. ¿De qué serviría decirle nada? Pobrecita... si en realidad no era más que una de ellos, de los Temerosos, y como tal tenía el miedo en la sangre; y cuando uno tiene el enemigo en la sangre, en su propio interior, no es mucho lo que se puede hacer por él. «No creo que nadie, aparte del propio Pastor, esté en condiciones de ayudarla», reflexionó. De modo que, en lugar de consejos y reprimendas, la acarició suavemente y le dijo con toda la amabilidad de su corazón maternal:

—Ahora, querida, mientras tú te recuperas del susto, yo entraré a la cocina y prepararé un buen té para las dos; ya verás cómo, tomándolo, te sientes mejor. ¡Anda, pero si los Temerosos han puesto ya la tetera al fuego para nosotras! -comentó irónica al abrir la puerta de la cocina y ver el mantel sobre la mesa y los preparativos para la comida que los indeseables huéspedes habían abandonado a toda prisa.

—¡Vaya hatajo de maleantes! -murmuró enojada, hablando consigo misma; después, sonrió complacida al recordar cómo se habían dado a la fuga a toda prisa cuando la vieron.

Mientras tomaban el té, la señora Valiente limpió las últimas señales de los desagradables invasores, y Miedosa fue recuperando su compostura. La oscuridad había caído sobre el pueblo, y era demasiado tarde ya para acudir al estanque, a su cita con el Pastor, y explicarle las razones por las cuales no había podido responder a su llamado. No le quedaba más remedio que esperar a la luz de la mañana.

Así que, a sugerencia de la señora Valiente, y dado que se encontraba extenuada, se fue directamente a la cama. Su vecina, al verla confortablemente arropada, le dio un beso con mucho cariño y se despidió (no sin antes ofrecerse para dormir en la casita aquella noche para que se sintiera segura, si así lo deseaba). Pero Miedosa, sabiendo que Valiente tenía una familia que la esperaba en su casa, no aceptó esta oferta tan amable y altruista y le dijo que no era necesario. Sin embargo, antes de marcharse, la señora Valiente dejó una campana al lado de su cama diciéndole que, si cualquier cosa la asustaba durante la noche, no tenía más que hacer sonar la campana y toda la familia Valiente acudiría de inmediato a prestarle auxilio. Luego se fue, y Miedosa quedó por fin sola en su casita.

CAPÍTULO III

Vuelo en la Noche

Durante varias horas, hasta bien pasada la medianoche, la pobre Miedosa estuvo dando vueltas en su cama sin dormir, demasiado herida en mente y cuerpo como para lograr descansar en ninguna postura. En algún lugar recóndito de su cerebro anidaba una inquietud, una sensación de algo que tenía que recordar, pero no lo conseguía. Incluso cuando finalmente se quedó dormida, este pensamiento seguía aún inquietándola. Se despertó súbitamente al cabo de un par de horas, con la mente despejada, pero sintiendo en el pecho un dolor agonizante como nunca había experimentado antes. La espina sembrada en su corazón estaba latiendo y le dolía de una forma difícil de soportar. Era como si el dolor estuviera tratando de decirle algo, y al principio se encontraba demasiado confusa como para comprenderlo.

De repente todo se le hizo claro, para su desgracia, ya que se encontró diciéndose a sí misma: «El Pastor vino y me llamó, como me había prometido que haría, pero yo no fui con él; ni siquiera le di una respuesta. Supongamos que dedujo que había cambiado de idea y que ya no quiero ir con él. ¡Supongamos que se marchó solo a las montañas y me dejó atrás! ¡Que se fue sin mí! ¡Sí, me ha dejado atrás!».

La conmoción que le causó esa idea fue terrible. Se dio cuenta de que ése era en realidad el presentimiento que anidaba en su mente y la inquietaba: «Él no llegará a entender por qué no acudí a la cita, por qué no fui con él como le había prometido que haría».

El Pastor le había advertido que estuviera lista para seguirle tan pronto la llamara, que no debía demorarse, pues tenía que ir a las montañas por un asunto urgente. Pero ella no había acudido, no sólo cuando él la llamó frente a su casita: ni siquiera aquella tarde había ido a su cita habitual en el lugar acostumbrado.

No había duda de que, ante semejante actitud, la conclusión lógica sería pensar que tenía miedo, y lo más probable es que ya se hubiera marchado solo. Miedosa sintió que un frío helado le invadía todo el cuerpo y sus dientes castañeteaban; pero lo peor de su agonía era el dolor que sentía en el corazón. Tumbada en la cama, sintió un sofoco.

Se sentó, tiritando de frío y de horror ante tal pensamiento. No podía soportar la idea de que él se hubiera marchado y la hubiera dejado.

Sobre la mesilla de noche tenía el viejo libro de canciones y, a la luz centelleante de la lámpara, vio que estaba abierto por la página donde estaba escrita una canción sobre otra pastora. Una pastora que, al igual que Miedosa, había fallado en responder a la llamada de amor y había descubierto, demasiado tarde ya, que el Amor se había ido. Siempre le había parecido una canción tan triste que apenas podía leerla; pero ahora, a medida que en la oscura soledad de la noche leía de nuevo las palabras, parecía como si fueran el clamor de su propio corazón abandonado y lleno de terror.

> *Por la noche y en mi cama*
> *busqué a quien mi alma ama.*
> *Lo busqué y no lo encontré.*
> *Ahora, sola, ¿adónde iré?*

> *Las calles de la ciudad*
> *son para mí bulliciosas;*
> *y las sendas solitarias*
> *no son menos peligrosas.*

> *Pero he de ir tras mi amado,*
> *pues no puedo soportar*
> *que él me haya dejado*
> *y no lo pueda encontrar.*

(Cantar de los Cantares 3:1-2) .

El texto de esa página del libro de canciones terminaba allí, y ella no se molestó en volver la hoja. Súbitamente, sintió que no sería capaz de soportar por más tiempo la incertidumbre. Debía comprobar por sí misma y de una vez si él realmente se había marchado y la había dejado atrás. Se levantó de la cama, se vistió tan rápidamente como sus temblorosos dedos se lo permitieron, y quitó la tranca de la puerta de la casita. También ella, como la de la canción, iría por las calles y caminos y vería si podría encontrarle; verificaría si él se había marchado dejándola, o si la estaría esperando (¡oh, si así fuera!) para darle otra oportunidad.

Abriendo la puerta, salió a la calle. En ese momento, ni siquiera un centenar de Temerosos escondidos en la oscuridad hubieran sido capaces de detenerla, pues el dolor de su corazón había acabado con el miedo y con todo lo que pudiera impedirle seguir adelante. Así, justo antes de la aurora, en las horas más oscuras de la noche, Miedosa fue en busca del Pastor.

No podía caminar muy rápido a causa de su defecto físico, pero cojeaba todo lo deprisa que podía a lo largo de las calles del pueblo, hacia los campos abiertos y los rediles.

Mientras avanzaba, se dijo: «¡Oh Pastor! Cuando tú dijiste que el Amor y el dolor van juntos, ¡qué verdad tan grande estabas diciendo!».

¿Acaso había podido siquiera imaginar qué resultados daría la semilla del Amor en su corazón? Ahora era ya demasiado tarde: estaba plantada en él, allí se encontraban el Amor y el dolor, y ella necesitaba desesperadamente encontrar al Pastor. Por fin, cojeando y casi sin aliento, llegó a los rediles, que bajo la luz tenebrosa de las estrellas estaban aún en el mayor silencio. Vigilando los rebaños en la noche había un par de pastorcillos que, cuando oyeron pasos, se levantaron y fueron al encuentro de la intrusa.

–¿Quién eres? -le preguntaron en medio de la oscuridad con tono desafiante. Al verla, clavaron su mirada en ella con asombro mientras sus lámparas centelleaban sobre la cara pálida y los ojos aterrados de Miedosa.

–¿Está aquí el Rey-Pastor? -preguntó con voz trémula, aproximándose a la pared del redil, palpitando y tratando de recobrar aliento.

–No -dijo uno de los hombres mirándola con curiosidad-. Esta noche dejó los rebaños a nuestro cuidado y nos dio órdenes concretas. Dijo que tenía que partir hacia las montañas, como hace a menudo, y no nos aclaró cuándo volvería.

Miedosa no podía hablar. Suspiraba y apretaba las manos contra su corazón temiendo que iba a rompérsele en pedazos de un momento a otro.

¿Qué podía hacer ahora? ¡Él se había ido! Pensaría que no había querido acompañarle y no había esperado más. Entonces, dolorida y desesperada, se recostó temblorosa contra la pared del redil y se acordó del rostro del Pastor y de la amorosa mirada con la que la había invitado a acompañarle a las montañas.

Vino a su mente la idea de que él (quien la comprendía tan bien, quien sabía absolutamente todo acerca de sus miedos y temores, y sentía compasión de ella) no la dejaría abandonada hasta tener la plena seguridad de que no quería acompañarle. Entonces levantó sus ojos y miró en la lejanía, a través del Valle, hacia las montañas del Este: los Lugares Altos.

Por el Este apuntaba una tenue luz pálida indicando que pronto se levantaría el sol. De pronto recordó el último verso de aquella triste

canción que había leído: el último verso escrito en la página siguiente
(a la que ella no había dado la vuelta). Y su mente suspiró de nuevo
cuando un pajarillo apostado en una de las ramas de un arbusto cercano comenzó a cantar:

> *Con la luz del alba vi*
> *al que mi alma amó;*
> *lo agarré y le dije así:*
> *«Jamás te dejaré yo».*

(Cantar de los Cantares 3:4)

Miedosa dejó de temblar y dijo para sí: «Iré al lugar de la cita y veré
si él me está esperando allí». Sin apenas dirigir palabra a los pastores,
se dio la vuelta y apresuró su marcha hacia el sur, al campo donde
Malicioso la había encontrado en dirección al estanque de agua de las
ovejas. Casi olvidando que era lisiada, apretó el paso a través de los
árboles que ribeteaban el estanque

Mientras el cielo sobre las montañas se teñía de rojo y el murmullo
de la cascada cantarina le recreaba los oídos, apresuró el paso. De
pronto descubrió que de su propio corazón fluía una cascada de canciones: el Pastor estaba allí, junto al estanque, mirándola bajo la luz
del sol naciente que hacía brillar su rostro. Cuando vio que Miedosa
se acercaba cojeando, se puso a su lado, y ella cayó a sus pies sollozando:

–¡Oh, mi Señor, llévame contigo como Tú dijiste! ¡No me dejes
atrás!

–Sabía que vendrías -dijo él amorosamente-. Pero, Miedosa, ¿por
qué no estabas en el lugar de la cita ayer por la tarde? ¿No escuchaste
cuando pasé por tu casita y te llamé? Quería decirte que estuvieras
lista para comenzar juntos la jornada de viaje esta mañana al despuntar el sol.

Mientras hablaba, un sol brillante salió de detrás de los picos de las
montañas bañándolas de un hermoso tono de luz dorada.

–Aquí estoy -dijo Miedosa, todavía arrodillada a sus pies-, dispuesta
a ir contigo a cualquier parte.

Entonces el Pastor la tomó de la mano y juntos iniciaron su marcha
hacia las montañas.

CAPÍTULO IV

La Marcha hacia los Lugares Altos

Era temprano en la mañana y el día era hermoso. El Valle parecía aún dormido. Los únicos sonidos eran el correr de los manantiales y el trinar de los pájaros. El rocío se esparcía sobre la hierba y las flores silvestres brillaban resplandecientes como joyas. Las había realmente encantadoras, como las anémonas silvestres -púrpura, rosa y escarlata- que adornaban la hierba por doquier, levantando sus pequeñas corolas a través de las espinas aquí y allá. El Pastor y Miedosa caminaban a veces sobre alfombras de miles de diminutos capullos de malvarrosa, casi inapreciables en su tamaño individual, pero formando en conjunto un brillante tapiz natural, más rico y bello que el del palacio de cualquier rey.

El Pastor se detuvo, acarició las flores con sus dedos y le dijo a Miedosa con una sonrisa:

—Inclínate y verás que el Amor se esparce como una alfombra de flores debajo de tus pies.

Miedosa le miró con el semblante serio.

—Siempre me han asombrado las flores silvestres -dijo-. Parece extraño que tanta multitud de ellas florezcan en lugares remotos y desolados de la tierra donde casi nadie las ve, y sólo las cabras y el ganado caminan sobre ellas, aplastándolas hasta matarlas. Tienen tanta belleza y dulzura que ofrecer, y nadie a quien brindarla, nadie que sepa apreciarlas.

El Pastor la miró con una mirada especialmente hermosa.

—Nada que mi Padre y yo hayamos hecho es inútil o desperdiciado -dijo serenamente-; de modo que también esas flores silvestres tienen una lección maravillosa que enseñar. Se ofrecen dulcemente a sí mismas, aunque aparentemente no haya nadie para mirarlas y disfrutar de ellas. Y mientras lo hacen, entonan un cántico gozoso en el que expresan lo dichoso que es amar, aun cuando el amor no sea correspondido.

Y continuó:

—Debo decirte una gran verdad, Miedosa, una verdad que solamente unos pocos pueden entender. Las virtudes más excelsas del alma humana, sus grandes victorias y sus más espléndidas hazañas, son siempre aquellas que nadie puede ver, o que apenas alcanzamos a percibir. Cada respuesta positiva del corazón humano al Amor desinteresado y cada victoria que consigue sobre el amor propio, se convierten en una nueva flor en el árbol del Amor. Las vidas de muchas personas, vistas aparentemente como vulgares y ordinarias, desconocidas y ocultas para el mundo, han sido en realidad un verdadero jardín, en el cual las flores y frutos del amor se han desarrollado hasta tal perfección que el Rey del Amor camina por él y se regocija en él con sus amigos. Algunos de mis siervos, ciertamente, han peleado insignes batallas y conseguido grandes victorias, visibles y conocidas por todos, y debido a ello son amados y justamente reverenciados por otros hombres; pero sus mayores victorias, como sucede con las flores silvestres, son siempre victorias ocultas, de las cuales nadie sabe ni conoce (excepto yo, que conozco los secretos del corazón). Aprende, Miedosa, esta lección ahora, aquí en el Valle, y cuando estés ascendiendo con dificultad a los lugares escarpados de las montañas, te confortará y te será de consuelo.

Después añadió:

—Ven y escucha: los pájaros están cantando alegres y gozosos; unámonos a ellos y las flores nos dirán el tema de nuestra canción.

Así, mientras caminaban descendiendo por el Valle hacia el río, entonaron juntos otra de las antiguas canciones del libro del Pastor, cantando alternativamente sus estrofas:

> *Yo soy de Sarón la rosa,*
> *una pobre y débil flor;*
> *y es mi amado para mí*
> *el lirio, la flor mejor.*

> *Como el manzano entre árboles*
> *mi amado ante mí está;*
> *a su sombra recostada*
> *ya nada me turbará.*

> *Pues su fruta es deliciosa,*
> *dulce a mi paladar;*
> *es el fruto del amor*
> *digno de saborear.*

> *Me llevó hasta su palacio*
> *y me envolvió con su amor,*

compartiendo su grandeza
aunque indigna y pobre soy.

Dadme con que confortarme;
de vergüenza estoy enferma,
indigna de ser la esposa
de quien tal grandeza ostenta.

Por esto os encargo, amigas,
Hijas de Jerusalén:
No despertéis a mi amado
hasta que lo quiera él.

(Cantar de los Cantares 2:1-4, 7)

Cuando terminaron de cantar llegaron a un lugar donde había un caudaloso manantial que se derramaba cruzando la senda que seguían y se precipitaba en una cascada del otro lado. Corría tan rápidamente y hacía tanto ruido que parecía llenar el valle con su voz: el estruendo de sus aguas impetuosas.

Mientras el Pastor ayudaba a Miedosa a caminar a través de las piedras resbaladizas y húmedas, ella le dijo:

—Me gustaría saber qué canción entonan las aguas cuando corren. A veces, en el silencio de la noche, cuando estoy en la cama, escucho la voz de un pequeño manantial que corre por el jardín de mi casita. Suena tan vivo y feliz, que parece como si estuviera repitiendo algún mensaje secreto y amoroso. Pienso que toda agua que corre entona una misma canción, bien sea fuerte y clara, o suave y murmurante. Me gustaría saber qué dicen las aguas. La voz del agua dulce es diferente a la voz del mar y del agua salada, pero nunca he logrado entenderla. Es una lengua desconocida. Dime, Pastor, ¿sabes Tú qué es lo que las aguas cantan al correr por su cauce?

El Pastor sonrió de nuevo y ambos se detuvieron en silencio por unos instantes cerca del torrente, que parecía cantar aún más fuerte y triunfante, como si supiera que alguien se había parado a escucharle.

De pronto, mientras permanecía al lado del Pastor, fue como si sus oídos y su entendimiento hubieran sido abiertos; y, poco a poco, el lenguaje de la corriente se le hizo claro.

Resulta imposible, por supuesto, traducir el lenguaje del agua; pero trataré de transcribirlo y expresarlo con palabras lo mejor que pueda, aún a sabiendas de que es un pobre intento (pues quizá la mejor forma de transcribir la canción de un torrente pudiera ser la música, más que las palabras). Viene a decir algo así:

LA CANCIÓN DEL AGUA

¡Oh, ven, ven, vamos corriendo
más abajo, noche y día!
¡Qué gozo es bajar, bajar...
humillarse cada día!
¡Hallar el postrer lugar
do útil pueda uno ser,
dejando las altas cumbres,
cumpliendo nuestro deber!

Pues sólo el agua que baja
hasta entrar en el gran mar,
volverá a ser elevada
por el sol en su brillar.
La aparente rechazada,
que nadie utiliza ya,
será de nuevo ensalzada
y a las cumbres volverá.

–Es una figura bien cierta -exclamó Miedosa después de escuchar el murmullo del agua durante un tiempo-. Es como refrán, repetido una y otra vez, con mil variaciones de pequeños trinos, murmullos, burbujas y salpicaduras. Vamos abajo y abajo... parece estar cantando el agua siempre tan gozosa; pero, ¿por qué se apresura el agua a ir siempre al lugar más bajo y Tú me dices, en cambio, que me están llamando a los Lugares Altos?, ¿qué significa esto?

–Los «Lugares Altos» -contestó el Pastor-, son los lugares idóneos para iniciar el camino hacia los lugares más bajos del mundo y remontar otra vez. Cuando tengas pies de cierva y puedas brincar entre las montañas y saltar por los peñascos, serás capaz (como yo lo soy) de descender con facilidad desde las alturas a los lugares inferiores y luego remontarte a las montañas otra vez. Serás capaz de escalar los Lugares Altos del Amor, donde cualquiera puede recibir el poder de derramarse a sí mismo hacia abajo en un total abandono de su yo.

A Miedosa esta explicación le sonó muy misteriosa y un tanto extraña, ahora que sus oídos habían sido abiertos para entender el lenguaje del agua, la misma canción repetida una y otra vez por todos los torrentes y manantiales que cruzaban la senda o corrían paralelos a ella. Y le dio la impresión de que las flores silvestres también cantaban la misma canción, sólo que en otro lenguaje: un lenguaje de color, el cual (como sucedía con el lenguaje del agua) sólo podía entenderlo el corazón, no la mente. Las distintas flores parecían formar entre todas un extenso y nutrido coro en el que miles de miles cantaban notas de distinto color:

> *Esta es la ley por la cual vivimos.*
> *¡Cuán dulce es poder darse uno a sí mismo!*

A Miedosa le pareció también que todos los pajaritos que trinaban y gorjeaban alegres, cantaban una misma canción con un sinnúmero de variaciones, pero formando parte de un mismo coro que irrumpía por doquier formando una sola voz:

> *Éste es el gozo de la vida arriba.*
> *Felicidad es el poder amar.*

—Nunca antes había reparado -dijo Miedosa de pronto- en que el Valle es un lugar tan hermoso y tan lleno de canciones.

El Pastor respondió sonriendo:

—Sólo el Amor puede llevarnos a percibir y a entender verdaderamente la música, la belleza y el gozo que fue plantado en el corazón de las cosas creadas. ¿Has olvidado que hace dos días yo planté en tu corazón la semilla del Amor? Ya ha comenzado a fructificar haciendo que puedas oír y ver cosas de las que nunca antes te habías dado cuenta.

Y continuó diciendo:

—En la medida que el Amor vaya creciendo en ti, Miedosa, podrás entender muchas cosas más, con las que nunca antes soñaste. Desarrollarás el don de entender «lenguas extrañas» y aprenderás a hablar el lenguaje del Amor; pero antes debes aprender el ABC, a deletrear el alfabeto del Amor y a desarrollar pies de cierva. Y ambas cosas las aprenderás en tu viaje a los Lugares Altos. Mira: ya estamos a la orilla del río; al otro lado comienzan las laderas de las montañas. Allí encontraremos a las dos guías que están esperándote.

Era ciertamente extraño y maravilloso -pensó Miedosa- que hubieran alcanzado el río tan rápidamente y estuvieran ya acercándose a las montañas. Apoyada en la mano del Pastor y sostenida por su fortaleza, se había olvidado de su defecto físico y había permanecido insensible al cansancio o la debilidad. ¡Oh, si fuera él personalmente quien la acompañara durante todo el camino hasta los Lugares Altos, en lugar de dejarla al cuidado de otros guías! Y en cuanto vino a su mente esa idea, le dijo con tono suplicante:

–¿No me vas a acompañar todo el camino? Cuando estoy junto a ti me siento fuerte; y estoy convencida de que nadie, salvo Tú, puede guiarme con seguridad a los Lugares Altos.

Él la miró amorosamente, pero le contestó con tranquilidad:

–Miedosa, yo no puedo someterme a tus deseos ni hacer aquello que tú quisieras. Ciertamente, podría llevarte en volandas todo el camino hasta los Lugares Altos, evitando que tuvieras que escalar trepando por las rocas hasta llegar allí. Pero, si lo hiciera, nunca conseguirías desarrollar tus pies de cierva y convertirte después en mi compañera para ir adonde yo vaya. En cambio, si trepas por ti misma a las alturas junto a las compañeras que te he escogido (aunque te parezca un camino largo y en algunos lugares extremadamente difícil) te aseguro que vas a desarrollar tus pies de cierva.

–¿Y me darás un nombre nuevo cuando alcance la cima? -dijo Miedosa con voz temblorosa, pues se había desvanecido repentinamente toda la música a su alrededor y se había llenado otra vez de temores.

–Sí, ciertamente. Cuando la flor del Amor esté lista para florecer en tu corazón, serás amada y recibirás un nombre nuevo -respondió el Pastor.

Miedosa se detuvo por un momento sobre el puente y miró hacia atrás, al camino que habían recorrido a través del Valle. El Valle lucía verde y tranquilo, mientras que las montañas a cuyo pie acababan de llegar parecían paredes de roca amenazantes. Lejos, en la distancia, podía distinguir los árboles que crecían alrededor de las casas de los Temerosos, y con una angustia súbita se imaginó a los trabajadores del Pastor acudiendo felices a su trabajo, con los rebaños pastando plácidamente. Vio también la pequeña y tranquila casita en la cual había vivido hasta entonces.

Mientras contemplaba estas escenas, sus ojos comenzaron a llenarse de lágrimas y la espina le pinchó en su corazón; pero se dio la vuelta decididamente, y dirigiéndose al Pastor le dijo agradecida:

–Confiaré en ti y haré todo lo que Tú quieras.

Al mirarle al rostro vio que él le sonreía con dulzura; y a continuación le dijo algo que nunca antes le habían dicho:

–Miedosa, tienes una belleza real; unos ojos que traslucen confianza. La confianza es una de las cosas más bellas del mundo. Cuando miro la confianza que hay en tus ojos, encuentro que mirarte a ti es más hermoso que mirar a muchas reinas.

Acabaron de pasar el puente y llegaron al pie de las montañas, donde la senda iniciaba su ascenso hacia las laderas inferiores. Esparcidos por doquier había enormes peñascos; y, de pronto, Miedosa vio las figuras de dos mujeres, cubiertas con velos y sentadas sobre uno de aquellos peñascos a un lado del camino. Cuando ella y el Pastor llegaron a ese lugar, ambas se levantaron y se inclinaron silenciosamente ante él:

—Aquí están las dos guías que te he prometido -dijo el Pastor pausadamente-. Desde ahora, y mientras transites por los desfiladeros y pasajes difíciles y escarpados, ellas serán tus compañeras y ayudadoras.

Miedosa las miró con temor. Ciertamente eran altas y parecían muy fuertes. Pero ¿por qué llevaban velo?, ¿por qué razón escondían sus rostros? Cuanto más cerca y más detalladamente las miraba, más miedo sentía de ellas. Eran tan corpulentas, tan silenciosas y tan misteriosas... ¿Por qué no hablaban? ¿Por qué no le habían dirigido una sola palabra de bienvenida, amistad o saludo?

—¿Quiénes son? -preguntó en voz baja al Pastor-. ¿Puedes decirme sus nombres y por qué no me hablan? ¿Son mudas?

—No, no son mudas -dijo el Pastor con mucha calma-. Pero hablan otro idioma, Miedosa, un lenguaje nuevo, un dialecto de las montañas que todavía no conoces. Pero a medida que viajes con ellas, irás aprendiendo poco a poco y entendiendo lo que hablan. Son buenas maestras; de veras tengo pocas mejores. En cuanto a sus nombres, te los diré en tu propio lenguaje (más tarde aprenderás cuál es su nombre y cómo pronunciarlo en el de ellas). Ésta -dijo moviéndose hacia la primera figura silenciosa- se llama «Pena»; y la otra, su hermana gemela, se llama «Contrariedad».

¡Pobre Miedosa! Sus mejillas palidecieron y comenzó a temblar de pies a cabeza. Sintió que se iba a desmayar y tuvo que recostarse en el Pastor para mantenerse de pie

—¡No puedo ir con ellas! -suspiró agitada- ¡No puedo, no puedo! ¡Oh, mi Señor Pastor!, ¿por qué me has hecho esto?, ¿cómo voy a viajar en su compañía? Es más de lo que puedo soportar. Me dijiste que el camino de ascenso a la montaña es escarpado y difícil y que no podría hacerlo sola. Entonces, ¿por qué deben ser precisamente Pena y Contrariedad mis acompañantes? ¿No podrías haberme dado de acompañantes a Gozo y Paz, para que me infundieran valor y me ayudaran en esa senda tan difícil? ¡Nunca imaginé que me harías esto! -y de inmediato se deshizo en un mar lágrimas.

A medida que escuchaba esta explosión emocional, se dibujó en el semblante del pastor un gesto y una mirada extraña; entonces, señalando a las dos figuras cubiertas por un velo, le respondió muy gentilmente:

—¡Gozo y Paz: así que ésas hubieran sido las compañeras que habrías elegido! ¿No recuerdas ya tu promesa de aceptar las que yo escogiera? ¿Qué te hace pensar que las que he elegido no son las mejores para ti?

¿Sigues aún confiando en mí, Miedosa? ¿Qué piensas hacer? ¿Irás con ellas o prefieres retroceder al Valle, a tus parientes los Temerosos y a tu primo Malicioso?

Miedosa se estremeció. La elección le parecía terrible. Con respecto al temor sabía bastante, pero la Pena y la Contrariedad siempre le habían parecido las dos cosas más aterradoras con las que uno se podía encontrar. ¿Cómo podría viajar junto a ellas y abandonarse a su poder y control? ¡Imposible! Miró al Pastor y de pronto llegó a la conclusión de que no podía dudar de él, que no podía dejarle y volver atrás; que aunque fuera poco propensa e incapaz para amar a nadie en el mundo, en su corazón pequeño, tembloroso y desdichado, le amaba a él. Y por tanto, aun cuando él le pidiera lo imposible, no podía rehusárselo.

De modo que, lanzándole una mirada lastimera, le dijo:

—¿Que si deseo volver atrás? ¡Oh, Pastor!, ¿a quién iré? No tengo a nadie en todo el mundo más que a ti. Ayúdame a seguirte, aunque parezca imposible. Ayúdame a confiar en ti en tanto que te amo.

Al escuchar estas palabras, el Pastor levantó la cabeza y, con triunfo y deleite, soltó una sonora carcajada que hizo eco en las paredes rocosas del desfiladero en que se encontraban, creando por unos momentos la sensación de que todas las montañas estuvieran riendo con él. Los ecos resonaban y repercutían cada vez más altos, saltando de roca en roca y de despeñadero en despeñadero, ascendiendo hasta las cimas más altas para morir en el mismo cielo.

Cuando el último eco se hubo perdido en el silencio, el Pastor le dijo muy dulcemente:

—«Toda tú eres hermosa, amiga mía, y en ti no hay mancha». (Cantar de los Cantares. 4:7).

Y después añadió:

—No temas, Miedosa, cree solamente. Te prometo que no serás avergonzada. Ve con Pena y Contrariedad, y verás que, aunque ahora no te sientas capaz de decirles «bienvenidas», cuando te encuentres en lugares difíciles y te sientas incapaz de manejarte sola, pon tus manos en las de ellas con confianza y te llevarán exactamente donde yo quiero que vayas.

Miedosa permaneció quieta contemplando el rostro del Pastor, cuyos ojos reflejaban ahora la mirada feliz y triunfante de aquel que se deleita en salvar y liberar por encima de todas las demás cosas. Entonces vinieron a su mente las palabras de un himno escrito por otro de los seguidores del Pastor, y en su corazón surgió el deseo de cantarlo suave y dulcemente:

Que venga la aflicción, dolor también;
tus mensajeros son para mi bien;
pues, por su obrar en mí,
a ti me acercarán.
Y así cumplirán
mi anhelo bien veraz
de amarte más, amarte más ...

«Otros han recorrido esta senda antes que yo -se dijo- y aun después de recorrerla pudieron seguir cantando. El Pastor, que es tan fuerte y gentil, ¿tendrá menos gracia para mí, débil y cobarde como soy, cuando es tan obvio que aquello en lo que más se deleita es en liberar a sus seguidores de todos sus temores y llevarles a los gloriosos Lugares Altos?».

Dio un paso adelante, mirando de reojo a las dos figuras cubiertas con el velo sobre la cara, y dijo con un coraje que nunca antes había sentido:

—Iré con vosotras. Por favor, guiadme en el camino -aunque, de momento, fue incapaz de acercarse a ellas y asirse de sus manos.

El Pastor rió de nuevo y dijo en un tono alto y claro:

—Mi paz te dejo. Mi gozo sea cumplido en ti. Recuerda que me comprometo a llevarte a los Lugares Altos, a la cumbre de estas montañas, y que no serás avergonzada: «Hasta que apunte el día y huyan las sombras, seré como el corzo, o como el cervatillo sobre las montañas». (Cantar de los Cantares 2:17).

Antes de que Miedosa pudiera darse cuenta de lo que estaba pasando, el Pastor había saltado sobre una gran roca situada a un lado de la senda; y de allí a otra, y a otra más, con tanta rapidez que sus ojos apenas podían seguir sus movimientos. Brincaba hacia arriba ante ellas, saltando de altura en altura, hasta que al cabo de pocos momentos lo perdieron de vista.

Entonces, Miedosa y sus dos nuevas compañeras comenzaron a ascender. Para cualquier observador hubiera sido un espectáculo curioso contemplar cómo Miedosa inició su camino hacia los Lugares Altos: cojeando y manteniéndose tan alejada como le era posible de las dos figuras cubiertas con un velo -que caminaban a su lado- simulando no verles las manos abiertas y extendidas hacia ella. Pero allí no había nadie para verlo porque, si hay una cosa cierta, es que el desarrollar pies de cierva es un proceso secreto, que no admite la presencia de espectadores.

CAPÍTULO V

Encuentro con Orgullo

Desde sus inicios, la senda que ascendía a las montañas demostró ser más empinada que lo que Miedosa hubiera podido suponer, y no pasó mucho tiempo antes de que se viera forzada a buscar la ayuda de sus acompañantes. Cada vez que, vacilante, tomaba la mano de Pena o de Contrariedad, una sensación de estremecimiento recorría todo su cuerpo; pero una vez que las manos estaban asidas, encontraba que tenían una fuerza asombrosa y parecían capaces de tirar de ella y aun de levantarla hacia arriba, si era necesario, a lugares que ella hubiera considerado imposibles de alcanzar. Ciertamente, sin su ayuda el ascenso hubiera sido del todo imposible, no ya para Miedosa, sino incluso para una persona sana y con unos pies normales y fuertes.

Tampoco tardó mucho en descubrir otras razones por las que necesitaba su ayuda, puesto que no era solamente lo empinado de la cuesta y su minusvalía física y debilidad lo que dificultaba el camino, sino que -para su sorpresa y angustia- encontró que había también numerosos enemigos, quienes probablemente (de haber estado sola) hubieran conseguido triunfar en su empeño de hacerla volver atrás.

Para mejor entender esto, regresemos por unos momentos al Valle de Humillación y Sombra de Muerte para saber qué sucedió allí tras la partida de Miedosa. Cuando el clan de los Temerosos descubrió que Miedosa se había escapado del Valle y había partido hacia las montañas en compañía del Pastor, al que tanto odiaban, su consternación y su ira fueron enormes. Mientras había sido la fea, lisiada y desdichada Miedosa, ninguno de sus parientes había tenido demasiado interés en ella y en lo que le pudiera suceder. Pero ahora consideraban intolerable que, de toda la familia, sólo ella hubiera emprendido el camino para ir a vivir a los Lugares Altos, (donde incluso puede que le otorgaran un lugar en el palacio al servicio del Gran Rey).

¿Quién era Miedosa para que se le concediera semejante privilegio, mientras que el resto de la familia tenía que trabajar sin descanso en el Valle de Humillación y Sombra de Muerte? En realidad, su enfado y su ira no estaban motivados porque ellos también desearan ir a las montañas, nada de eso; más bien la causa era que les resultaba intolerable que Miedosa fuera la única en hacerlo.

Lo que había sucedido en realidad es que Miedosa, de ser una «don nadie» a los ojos de sus parientes, se había convertido de pronto en el personaje del día, la figura central de los comentarios de todos. Y no sólo dentro del círculo más inmediato de parientes cercanos (los Temerosos), sino también entre todos los demás habitantes del Valle. De hecho, todos los habitantes del Valle (exceptuando a los siervos del Rey) estaban resentidos y enojados por su partida, y habían acordado que, de una manera u otra, debían conseguir que regresara, arrebatando así al tan odiado Pastor el éxito de haberla conquistado.

De este modo, los parientes más influyentes convocaron un consejo de familia, y debatieron las posibilidades y formas más viables de capturarla y traerla de vuelta al Valle como esclava permanente. Llegaron a la conclusión de que debían enviar lo más pronto posible a alguien tras ella, con el propósito de forzarla a volver. Pero no podían negar el hecho evidente de que traerla por la fuerza resultaría poco menos que imposible, puesto que aparentemente se había puesto bajo la protección del Gran Pastor. Deberían, por tanto, encontrar medios y formas capaces de seducirla y convencerla para que dejara al Pastor por su propia voluntad.

¿Qué podían hacer para lograrlo?

Finalmente acordaron por unanimidad mandar en su persecución a un mensajero familiar llamado Orgullo. Y la elección recayó sobre él por varias razones. Primero: no sólo era fuerte y poderoso, sino que también era un hombre muy apuesto, y -cuando él quería- podía mostrarse sumamente atractivo; por lo que (suponiendo que otros medios fracasaran) siempre le quedaría el recurso de ejercer todos sus poderes de seducción para engatusar a Miedosa y alejarla del Pastor.

Además, todos sabían que el joven elegido tenía por naturaleza demasiado amor propio como para admitir la derrota o el fracaso en cualquier empresa que emprendiera y, por tanto, no se daría fácilmente por vencido hasta que alcanzara el éxito en su misión. Estaban convencidos de que regresar sin Miedosa, admitiendo su derrota, sería lo último que Orgullo haría; de manera que, si aceptaba el encargo, era porque se sentía seguro de que la empresa era factible.

De modo que, cuando Miedosa y sus dos acompañantes llevaban tan sólo unos pocos días de camino -en los que habían hecho un lento pero firme progreso- una mañana, al dar la vuelta a un recodo del sendero, vieron a Orgullo caminando hacia ellas a grandes zancadas. Ante esta inesperada aparición, Miedosa se quedó sorprendida y desconcertada, pero no excesivamente alarmada.

Este primo siempre la había ignorado por completo, por lo que pensó que lo más probable era que pasara por su lado (con el porte altivo y arrogante en que acostumbraba hacerlo) sin dirigirle la palabra y probablemente sin tan siquiera mirarla.

Por su parte, Orgullo -quien había estado ocultándose y espiándolas durante varias horas antes de dejarse ver- se sintió tranquilo y satisfecho de ver que, si bien Miedosa parecía estar viajando al cuidado de dos fuertes acompañantes, aparentemente el Pastor no estaba con ella. Esto hizo que se acercara a ella bastante confiado, con una amabilidad y unos modales poco usuales en él; y, para sorpresa de Miedosa, cuando se cruzaron se detuvo y la saludó.

—¡Bueno, Prima Miedosa, por fin te encuentro! ¡Cuánto he tenido que correr para dar contigo!

—¿Cómo te va, Primo Orgullo? -dijo la muy inocente.

Miedosa debería haber intuido que no sólo tendría que haber evitado saludarle, sino mucho menos aún detenerse y hablar con aquel nefasto habitante del Valle. Pero, después de haberse visto ignorada y desairada por él durante años, ver cómo de pronto la saludaba como a una igual, le resultó agradable. Además, había despertado su curiosidad. Por supuesto, si se hubiera tratado del detestable Malicioso, nada le hubiera inducido a detenerse y hablar con él. Pero se trataba de otra persona mucho más respetada y respetable.

—Miedosa -le dijo Orgullo muy serio, mientras con un gesto de gentileza y amistad le tomaba la mano (en el lugar de su encuentro la senda no era tan empinada, por lo que Miedosa había soltado las manos de Pena y Contrariedad)- he hecho este viaje únicamente para tratar de ayudarte. Te ruego que me dejes hacerlo, que me escuches atenta y medites lo que te voy a decir: Mi querida prima, debes abandonar este viaje insensato y regresar conmigo al Valle. No te das cuenta de la posición difícil y delicada en la que te has colocado, ni del negro futuro que tienes por delante. El que te persuadió de que emprendieras este viaje irracional (Orgullo no se atrevía siquiera a mencionar al Pastor por su nombre), ha seducido también de la misma manera a otras muchas otras víctimas inocentes. ¿Sabes lo que te sucederá, Miedosa, si persistes en seguir adelante? Tarde o temprano descubrirás que son falsas todas esas bellas promesas que te ha hecho de llevarte a su Reino y hacerte vivir feliz para siempre. Cuando haya conseguido llevarte a las partes más altas y desoladas de las montañas, te abandonará para siempre, y quedarás expuesta a una vergüenza perenne.

La pobre Miedosa trató, instintivamente, de retirar su mano, porque comenzaba a entender el propósito de la presencia de su interlocutor y su acentuado odio hacia el Pastor; pero cuando comenzó a forcejear para soltarse, Orgullo la asió con más fuerza. Miedosa no había aprendido aún que, una vez que el Orgullo ha conseguido hacerse escuchar, luchar contra él es una de las cosas más difíciles. A Miedosa le repugnaban las cosas que le había dicho; pero, con su mano atrapada por la de Orgullo, tales afirmaciones adquirían el poder de hacerse plausibles y verdaderas en su mente.

¿Acaso ella misma no había dado alguna vez cabida, en el fondo de su corazón, a la misma idea y posibilidad que Orgullo le estaba planteando ahora? Aunque el Pastor no la abandonara (y no podía creer que lo hiciera), ¿acaso no era lógico pensar que Aquel que había permitido que Pena y Contrariedad fueran sus compañeras de viaje, no permitiría también (aunque -eso sí- para el bien de su alma, por supuesto), que fuera avergonzada ante sus amistades y parientes? ¿Qué seguridad tenía de que no acabaría expuesta al ridículo? ¿Quién podría garantizarle que el Pastor no permitiría que le pasaran esas cosas (sí, para su propio bien quizá, pero muy difíciles de soportar)?

La incauta Miedosa descubrió, de pronto pero ya tarde, que dejar que el Orgullo te agarre la mano es algo fatal. ¡Sus insinuaciones son tan irresistibles! Por medio del contacto físico la estaba forzando a regresar al Valle con una fuerza casi imposible de contrarrestar.

–Vuelve a casa, Miedosa -le ordenó con vehemencia-. Date por vencida y abandona esa locura antes de que sea demasiado tarde. En el fondo de tu corazón sabes que lo que te estoy diciendo es la verdad, y que serás expuesta a vergüenza delante de todo el mundo. Deja esta empresa cuando todavía estás a tiempo. ¿Acaso no es una promesa ficticia la de vivir en los Lugares Altos teniendo que pagar por ello, de entrada, un coste tan alto como el que se te pide? ¿Qué es lo que buscas en ese reino mitológico de allá arriba?

Aunque totalmente en contra de su voluntad (pero debido a que él parecía tenerla ya a su merced), Miedosa iba cediendo, dejando que poco a poco le fuera arrancando las palabras.

–Estoy buscando el Reino del Amor -dijo ella débilmente.

–Sí, ya imaginé que se trataba de eso -dijo burlonamente Orgullo-. Vas buscando el deseo de tu corazón, ¿eh? Pues ahora, Miedosa, ten un poco de dignidad y pregúntate a ti misma, honestamente, si acaso no es cierto que eres tan fea y deformada que en todo el Valle no hay nadie que te quiera. ¡Ésta es la verdad cruda y desnuda! Y si esto es así, sé lógica, Miedosa; ten sentido común y piensa cuántas menos posibilidades tienes de ser bienvenida al Reino del Amor, donde se dice que no puede entrar nada que sea defectuoso o imperfecto. ¿Crees realmente que te cabe esperar encontrar allí lo que estás buscando? ¡Por supuesto que no, Miedosa! Te repito que ésta es la realidad, y tú misma lo sabes bien. Entonces, sé honesta al menos, y abandona al Pastor y sus falsas promesas. Regresa conmigo antes de que sea demasiado tarde.

¡Pobre Miedosa! La presión y la tentación de volverse atrás se le hacía casi irresistible. Pero en aquel preciso momento, agarrada de la mano por Orgullo, sintiendo como si cada palabra que él pronunciaba fuera una verdad horrenda pero irrebatible, tuvo en su interior una visión del rostro del Pastor. Recordó la mirada con la cual le había prometido: «Me comprometo a llevarte allí, y no serás avergonzada». Entonces, como si estuviera contemplando una visión radiante en la distancia, lo escuchó de nuevo, repitiéndole con dulzura:

> *He aquí eres bella; tus ojos como de paloma.*
> *He aquí que tú eres hermosa, amiga mía.*

(Cantar de los Cantares 1:15).

Entonces, y antes de que Orgullo pudiera darse cuenta de lo que estaba pasando, Miedosa profirió un grito desesperado hacia arriba, a las montañas, pidiendo ayuda:

–¡Ven a mí, Pastor, ven pronto, no te tardes! ¡Oh, Mi Señor!

Se escuchó un sonido como de caer piedras sueltas, y un instante después, dando un brinco prodigioso, el Pastor estaba ya a su lado, en el sendero, con su rostro levantado hacia las alturas. Un solo golpe en la espalda bastó para que Orgullo soltara de inmediato la mano de Miedosa (que había estado apretando con tanta fuerza) y se largara corriendo camino abajo, resbalando y tropezando con las piedras mientras corría; y al cabo de pocos instantes, lo habían perdido de vista

–Miedosa -dijo el Pastor, en un tono amable pero de firme reprensión-, ¿por qué permitiste que Orgullo se acercara a ti y te agarrara la mano? Si tus manos hubieran estado agarradas a las de tus dos ayudantes, esto nunca te habría sucedido.

Por primera vez, Miedosa tomó las manos de sus dos compañeras por propia voluntad, y ellas la sostuvieron con fuerza, aunque nunca antes había sentido al agarrarse a ellas tanto dolor, amargura y disgusto.

De ese modo aprendió su primera e importante lección en su viaje a los Lugares Altos: que si una se para a conversar con Orgullo y escucha sus insinuaciones ponzoñosas, inexplicablemente, la Pena se hace después más difícil de soportar y la Contrariedad produce más amargura en el corazón. Por un tiempo, Miedosa cojeó más dolorosamente que nunca desde que había dejado el Valle, pues en el momento que gritó pidiendo ayuda, Orgullo le pisó los pies con toda su fuerza y se los había dejado más lisiados y doloridos que nunca.

CAPÍTULO VI

Rodeo a través del Desierto

Tras su desagradable encuentro con Orgullo, Miedosa y sus compañeras prosiguieron el camino, aunque ella cojeara dolorida y caminara muy despacio. Pero eso hizo que aceptara la asistencia de sus dos guías mucho más gustosamente que antes; y paulatinamente, a medida que los efectos del encuentro se fueron esfumando, se dio cuenta de que se sentía más capacitada para mayores progresos.

Un día, tras una curva del sendero, vio -para su asombro y consternación- una gran planicie que se extendía frente a ellas. Tan lejos como sus ojos alcanzaban a ver no parecía haber más que un inmenso desierto, una expansión sin fin de dunas arenosas, sin un solo árbol a la vista. Los únicos objetos que rompían la monotonía del desierto eran unas extrañas pirámides (que se levantaban sobre las dunas de arena) blanqueadas por los años y espantosamente desoladoras. Y para el horror de Miedosa, sus dos guías se dispusieron a seguir la senda que descendía y se adentraba en ese desierto.

Se detuvo consternada y les dijo:

-¡No, no debemos ir allí! El Pastor me ha llamado para ir a los Lugares Altos. Debemos encontrar algún camino que vaya hacia arriba, no allí abajo.

Pero ellas le hicieron señas de que las siguiera hacia abajo, por la senda desolada, hacia el desierto.

Miedosa miró a derecha e izquierda. Para su sorpresa -y aunque parecía increíble- se percató de que no había manera posible de continuar su ascensión hacia arriba. La colina en la que se encontraban terminaba abruptamente en ese precipicio, y por encima de ellas se levantaban peñascos rocosos en todas direcciones, lisos como paredes y sin ningún lugar donde apoyar el pie.

-No, no puedo ir allí abajo -dijo Miedosa jadeante, impresionada y llena de temor-. Eso no es posible; Él nunca pudo tener esto en sus planes, ¡nunca! Me ha llamado a los Lugares Altos, y esto contradice por completo todo lo que me ha prometido.

Entonces, levantó su voz y llamó desesperadamente: -¡Pastor, ven a mí! ¡Oh, te necesito: ven y ayúdame!

En un momento el Pastor estaba allí, a su lado.

—Pastor -dijo con angustia-, no acabo de entender esto. Las guías que Tú me has dado dicen que debemos ir hacia abajo, hacia el desierto, alejándonos de los Lugares Altos para siempre. Tú no quisiste decir esto, ¿verdad? No puedes contradecirte a Ti mismo. Diles que están equivocadas, que no vamos por allí, y muéstranos otra senda. Abre un camino para nosotras, Pastor, tal como lo has prometido.

Él la miró y respondió con dulzura, pero con firmeza:

—Ése es el camino, Miedosa, y debes ir allí abajo.

—¡Oh, no! -clamó ella-. No es posible que hables en serio. Me dijiste que si confiaba en ti me llevarías a los Lugares Altos, y ese camino va en dirección completamente opuesta. Contradice todo lo que me has prometido.

—No -dijo el Pastor-, no es una contradicción; solamente lo pospone, para que lo que venga después sea aún mejor.

Miedosa sintió como si acabara de herirla en lo más profundo de su corazón.

—¿Quieres decir... -dijo ella con aire de incredulidad- en serio quieres decir que tengo que seguir el camino descendente que me lleva a ese desierto y permanecer allí, lejos de las montañas, por tiempo indefinido? ¿Por qué? -preguntó con un sollozo de angustia en su voz-. Pueden pasar meses, quizás años, antes de que ese camino desemboque nuevamente en las montañas. ¡Oh, Pastor!, ¿me estás diciendo que es una demora indefinida?

Él inclinó la cabeza en silencio y Miedosa cayó de rodillas a sus pies, totalmente abrumada. La estaba guiando lejos del deseo de su corazón, y no le daba ni una mera promesa de traerla de vuelta. Al mirar sobre lo que parecía un desierto sin fin, la única senda que pudo ver en la lejanía se alejaba más y más de los Lugares Altos, y era todo desierto.

Entonces él contestó, muy pausadamente:

—Miedosa, ¿me amas lo suficiente como para aceptar esa demora y aparente contradicción de la promesa, y venir conmigo al desierto?

Ella seguía agachada a sus pies, sollozando como si su corazón se fuera a romper. Finalmente, levantando sus ojos inundados de lágrimas, le miró, tomó su mano entre las suyas, y le dijo temblando:

—Te amo, Tú sabes que te amo. Oh, perdóname porque no puedo contener mis lágrimas. Si eso es lo que realmente deseas, te seguiré al desierto, aunque ello sea diferente a tu promesa. Aunque no puedas decirme por qué tiene que ser así, te seguiré, porque sé que te amo y que Tú tomas siempre la decisión correcta para mí en cualquier cosa que te plazca.

Era muy temprano en la mañana. Justo encima de ellos, como colgando del cielo sobre la silenciosa expansión del desierto, había una luna creciente y la estrella de la mañana brillaba a su lado como una joya. Allí fue donde Miedosa construyó su primer altar en las montañas, un pequeño montón de rocas quebradas. Y allí, con el Pastor a su lado, depositó sobre el altar su temblor y su voluntad rebelde. De alguna parte surgió una llama que consumió todo lo que había sobre el altar, y en un instante no quedó más que un montón de cenizas. Al menos eso fue lo que pensó al principio: que no había sobre el altar más que cenizas; pero el Pastor le dijo que mirara más de cerca, y al hacerlo vio que, entre las cenizas, había una piedrecita pequeña de de un color oscuro, como un guijarro.

—Llévatela -le dijo el Pastor gentilmente- como recuerdo de este altar que has construido, y de todo lo que él significa.

Miedosa tomó la piedrecita de entre las cenizas, pero no le dio mucha importancia (de hecho, apenas la miró, convencida de que jamás en la vida necesitaría un recuerdo de aquel altar, pues jamás olvidaría la angustia de aquella primera rendición); pero obedeció y dejó caer la piedrecita dentro de una pequeña bolsita que el Pastor le había dado y la guardó cuidadosamente en su seno.

Después iniciaron su descenso hacia el interior del desierto y, al dar el primer paso, Miedosa sintió un estremecimiento al experimentar en su interior el gozo más dulce y el consuelo más inefable, porque vio que el Pastor las acompañaba en el trayecto. Ya no tendría a Pena y Contrariedad como sus únicas acompañantes, sino que él estaría también allí. Cuando comenzaron a descender, el Pastor empezó a cantar una canción que Miedosa no había escuchado antes, tan dulce y reconfortante que su dolor fue desapareciendo. Era como si la canción le explicara, por lo menos en parte, las causas de esa inexplicable demora a sus deseos y esperanzas de llegar a los Lugares Altos. He aquí la canción que cantaba:

EL HUERTO CERRADO

Jardín cerrado es mi amiga,
su fruta madura está;
fuente cerrada y sellada
y la sed desesperada,
¿quién la podrá aquí saciar?

Levántate, viento, y sopla
en este huerto cerrado;
despréndanse sus aromas...
que los perciba mi amado,
pues sé le será de agrado
que se esparzan en las lomas.

(Cantar de los Cantares 4:12-16)

Pronto se encontraron en pleno desierto, pues, aunque el camino descendente era muy escarpado, Miedosa dependía totalmente del Pastor y por tanto no experimentaba ningún signo de debilidad. Al caer la tarde estaban sobre las dunas de arena, caminando en dirección a unas cabañas construidas a la sombra de una de las grandes pirámides, donde se suponía debían pasar la noche. Al llegar la hora del crepúsculo, cuando en el borde Oeste del desierto el horizonte se tiñó de un rojo brillante y encendido, el Pastor llevó a Miedosa fuera de las chozas, hacia el pie de la pirámide, y le dijo:

—Miedosa, todos mis siervos que marchan hacia los Lugares Altos tienen que hacer este rodeo a través del desierto. Es llamado «El horno de Egipto y un terror de grande oscuridad» (Génesis 15:2,17). Aquí es donde han aprendido muchas cosas que de otra manera hubieran permanecido siendo desconocidas para ellos. Abraham fue el primero de mis siervos en venir por este camino, y esta pirámide estaba ya cubierta por el musgo de los años cuando él la miró por primera vez. Después vino José, con lágrimas y angustia en el corazón, y al pasar cerca de ella aprendió la lección del valor de la Contrariedad y la Pena.

Y añadió:

—Ahora tú también estás aquí, Miedosa. También formas parte de la línea sucesoria de los grandes héroes de la fe. Esto es un gran privilegio y, si quieres, también puedes aprender la lección del horno y la grande oscuridad, con la misma seguridad y certeza con que lo hicieron todos aquellos que estuvieron aquí antes que tú. Los que han descendido al horno, prosiguen después su camino como hombres y mujeres de la realeza, príncipes y princesas de la Línea Real.

Miedosa miró hacia la parte superior de la pirámide, ahora ensombrecida y oscura contra el cielo crepuscular, perdida en la soledad del desierto; pero aun así le pareció uno de los objetos más majestuosos que jamás hubiera visto.

Repentinamente, el desierto se llenó de gente, una multitudinaria procesión. Allí estaban el propio Abraham y Sara su mujer, aquellos dos primeros y solitarios exiliados a una tierra extraña. Allí estaba José, (el hermano traicionado y herido, vendido como esclavo) quien, cuando lloró echando de menos la tienda de su padre, vio solamente la extraña pirámide. Luego, desfilando uno tras otro, Miedosa vio una gran hueste, incontable para cualquier ser humano, que venía a través del desierto formando una línea sin fin. El último de la línea le tendió una mano que ella tomó, y de este modo también ella pasó a formar parte de la inmensa cadena. Entonces resonaron en sus oídos unas palabras, que escuchó quieta y atentamente:

–Miedosa, no temas entrar en Egipto, porque allí haré de ti una gran nación. Yo iré a Egipto contigo, y después ten la seguridad de que te llevaré de nuevo hacia arriba.

Después regresaron a las chozas para descansar aquella noche. Al romper la mañana, el Pastor llamó de nuevo a Miedosa y la condujo otra vez al exterior, pero esta vez abrió una diminuta puerta que había en la pared de la pirámide y le indicó que entrara por allí. Había un pasadizo que conducía al centro mismo de la pirámide, y allí una escalera de caracol que se elevaba a los pisos superiores.

El Pastor abrió otra puerta, que daba paso desde la cámara central en la planta inferior a otra aún mucho más grande y que parecía un granero. Había por doquier (excepto en el centro de la sala) enormes pilas de grano y hombres que clasificaban y almacenaban de distintas maneras los diferentes tipos de grano, moliéndolo hasta convertirlo en polvo, más grueso o más fino. A un lado estaban las mujeres sentadas en el suelo, moliendo con piedras cóncavas el trigo mejor y convirtiéndolo en flor de harina de la mayor finura. Observándolas durante un rato, Miedosa vio cómo trillaban y machacaban los granos hasta desmenuzarlos; luego continuaban con el proceso de molido, hasta que el polvo de harina era lo suficientemente fino como para hacer un pan de trigo selecto.

–Mira -le dijo el Pastor con dulzura- la variedad de métodos que utilizan para moler los diferentes tipos de grano, de acuerdo al uso especial y al propósito de cada uno.

Entonces añadió:

–«El eneldo no se trilla con trillo, ni sobre el comino se pasa rueda de carreta; sino que con un palo se sacude el eneldo, y el comino con una vara. El grano se trilla; pero no lo trillará para siempre, ni lo comprime con la rueda de su carreta, ni lo quebranta con los dientes de su trillo» (Isaías 28:27,28).

Mirando a las mujeres triturar el trigo y el maíz con sus pesadas piedras, Miedosa se dio cuenta de lo largo que era el proceso antes de que el fino polvo que resultaba de la molienda estuviera listo para convertirse en pan. Entonces escuchó decir al Pastor:

–Yo traigo a Egipto a los que me siguen, con el propósito de que también puedan ser trillados y machacados hasta convertirse en polvo del más fino y puedan así ser pan para otros. Pero recuerda que, aunque el grano de maíz o de trigo ha de ser machacado, no lo es continuadamente y para siempre; sino tan sólo hasta que ha sido quebrantado y está listo para un uso más refinado. «También esto salió de Yahvé de los ejércitos, para hacer maravilloso el consejo y engrandecer la sabiduría» (Isaías 28:29).

Después de ver estas cosas, el Pastor la tomó nuevamente de la mano y la guió por los pasillos del interior de la pirámide de vuelta a la cámara central, donde subieron por la escalera de caracol, ascendiendo vuelta tras vuelta en la oscuridad, cada vez más arriba. Allí (en un nivel superior) llegaron a otra sala más pequeña, en el centro de la cual había un alfarero trabajando en una rueda. Mientras hacía girar la rueda iba dando forma al barro hasta convertirlo en diversos objetos de variados modelos y tamaños. Amasaba, prensaba y cortaba el material, y luego le daba forma. Observó, no obstante, que el barro permanecía siempre sobre la rueda, sometido a la presión de los dedos del alfarero de forma inevitable e irresistible. Mirando esta escena, el Pastor le dijo:

–También fabrico en Egipto mis vasos más bellos y delicados, y los hago instrumentos para mi trabajo, según me parece mejor hacerlos (Jeremías 18).

Entonces sonrió y añadió:

–¿Piensas que no podré hacer contigo, Miedosa, como este alfarero? «He aquí, como el barro en la mano del alfarero, así sois vosotros en mi mano» (Jeremías 18:6).

Por último, la llevó por la escalera aún más arriba, al piso más alto. Allí encontraron una habitación donde había un horno en el que fundían y refinaban oro separándolo de toda su escoria. Había también en el horno algunos pedazos de roca que contenían cristales; estas piedras toscas, las dejaban durante un tiempo en el horno sometidas a elevadas temperaturas; y cuando las sacaban, se habían transformado en joyas hermosísimas, que brillaban como si el fuego hubiera quedado impregnado y retenido dentro de sus mismos corazones. Miedosa permanecía todo el tiempo junto al Pastor, mirando encandilada hacia el fuego con una cierta actitud de recogimiento; fue entonces cuando el Pastor le dijo las palabras más bellas y cariñosas que jamás había escuchado:

–«Pobrecita, fatigada con tempestad, sin consuelo; he aquí que yo cimentaré tus piedras sobre carbunclo, y sobre zafiros te fundaré» (Isaías 54:11).

Después añadió:

–Mis joyas únicas y seleccionadas y mi oro más fino, son aquellos que han sido refinados en el horno de Egipto.

Y cantó una estrofa de una corta canción:

> *Pondré mis manos en tu corazón*
> *y toda escoria de ti quitaré,*
> *con fuego de dolor te cubriré.*
> *¡No te asombres, y mira por la fe:*
> *Mi cruz por ti, mi cruz por ti ... !*

Permanecieron en las chozas del desierto por varios días y Miedosa aprendió muchas cosas más de las que nunca antes había oído hablar.

Sin embargo, algo le impactó más que ninguna otra cosa y le causó una profunda impresión: en todo ese inmenso desierto no había una sola mata verde que creciera, ni un árbol, ni una flor, ni una planta; solamente algunos cactus grises esparcidos aquí y allá.

La última mañana antes de partir -mientras caminaba cerca de las tiendas y chozas de los moradores del desierto- descubrió, en un rincón solitario detrás de una pared, una diminuta flor amarilla que crecía allí sola. Vio también una vieja tubería conectada al depósito general de agua, que en un punto tenía un diminuto agujero por el cual, de cuando en cuando, se escapaba una gotita de agua. Allí -donde caían las gotas que, una tras otra, escapaban de la tubería- había crecido la diminuta flor de color amarillo oro. Miedosa no acababa de entender de dónde podía haber venido la semilla, puesto que allí no había pájaros por ninguna parte ni ningún otro ser vivo.

Se detuvo junto a la solitaria y diminuta flor -que levantaba esperanzada y valiente su erguida corola hacia donde goteaba la tubería- y le dijo con dulzura:

–¿Cuál es tu nombre, florecilla?, porque nunca había visto otra como tú.

La diminuta flor contestó en un tono tan precioso como el color dorado que tenía:

–Mi nombre es Aceptación-con-Gozo.

Miedosa pensó en las cosas que había visto en la pirámide (la sala del trillado y molido; la rueda giratoria del alfarero; el gran horno) y enlazó esos pensamientos con la respuesta de la diminuta flor amarilla que crecía sola en el desierto, al lado de la pirámide. Entonces se produjo en su corazón un eco débil pero dulce que la llenó de consuelo, y dijo:

–Él me ha traído aquí siguiendo sus propósitos, a pesar de que yo no quería venir. Así pues, como esta pequeña flor, miraré arriba, hacia su rostro y le diré: «Heme aquí, soy tu sierva Aceptación-con-Gozo».

Se agachó, recogió un guijarro que había en la arena junto a la flor, y lo puso en la bolsita junto con la primera piedrecita que había recogido del altar.

CAPÍTULO VII

En la orilla del Mar de la Soledad

Llevaban caminando juntos bastante tiempo a través de las arenas calientes del desierto, cuando un día, inesperadamente, encontraron un camino que cruzaba la ruta principal que venían siguiendo.

–Éste -dijo el Pastor pausadamente- es el camino que debéis seguir a partir de ahora

Lo tomaron y comenzaron a caminar en dirección a occidente, dejando los Lugares Altos a sus espaldas. Al poco tiempo estaban ya fuera de los límites del desierto y a la orilla de un inmenso mar.

–Ha llegado el momento de irme, Miedosa -dijo él-, debo regresar a las montañas. Pero recuerda: aunque te parezca que estás más lejos que nunca de los Lugares Altos y de mí mismo, en realidad no hay distancia entre nosotros que nos separe. Puedo cruzar las arenas del desierto tan velozmente como puedo saltar de uno a otro peñasco y bajar de los Lugares Altos a los valles; de modo que, siempre que me necesites y me llames, acudiré al momento para estar a tu lado. Ésta es la promesa que dejo contigo. Créela y practícala con gozo. Mis ovejas oyen mi voz y me siguen.

Y agregó:

–Siempre que estés dispuesta de obedecerme, y a seguir el camino de mi elección, encontrarás que puedes escuchar y reconocer mi voz; y cuando la oigas, debes obedecerla. Recuerda que obedecer mi voz es siempre lo más seguro, aunque a ti te parezca que te hago caminar por sendas imposibles y fuera de los límites de la razón.

Diciendo esto, la bendijo y se separó de ellas, saltando sobre el desierto hacia los Lugares Altos, que en estos momentos estaban situados justo detrás de ellas. Miedosa y sus dos compañeras caminaron a lo largo de la orilla del mar durante muchos días, y a Miedosa le daba la sensación de que nunca, hasta entonces, había experimentado lo que era la verdadera soledad.

El valle verde donde había vivido con sus amigos hasta hacía poco, le parecía ya muy lejano; incluso las montañas quedaban fuera del alcance de su visión. Todo su mundo había quedado reducido a un

inmenso desierto de arena, limitado por un mar inmenso que gemía
con una monotonía desesperante. Allí no crecía nada, ni árboles, ni
arbustos, ni siquiera hierba alguna; aunque la orilla estaba repleta de
algas, arrugadas y enredadas, esparcidas por todas partes. Nada vivo
se detectaba en toda la región, salvo las gaviotas, que revoloteaban
graznando sobre unos cangrejos que corrían por la arena en dirección
a sus madrigueras. De tanto en tanto, soplaba un viento helado que
acompañaba a las olas, cortante como un puñal de acero. Durante esos
días a la orilla del mar, Miedosa nunca dejó de asirse de la mano de sus
compañeras, que sorprendentemente la habían ayudado con extraordinaria eficiencia a lo largo del camino. Podrá parecer extraño, pero
asida de la mano de sus compañeras, Miedosa caminaba mucho más
rápida y más erguida que antes. Apenas cojeaba, porque el desierto había dejado en ella una marca indeleble para el resto de su vida: era una
marca interior y secreta, en la que nadie hubiera reparado, puesto que
nadie podía percibirla exteriormente; pero ella sí se daba cuenta de
que en su interior algo estaba cambiando, y que ese cambio marcaba
una nueva e importante etapa en su vida.

Había estado en las profundidades de Egipto y había visto las piedras de molino, la rueda del alfarero y el horno del crisol; y sabía
que todo ello eran símbolos de una experiencia que ella misma debía
vivir.

Pero lo más admirable, sin embargo, era que Miedosa tuviera conciencia de esto y lo aceptara sin más; aun sabiendo -pues en su interior
era consciente de ello- que con esa aceptación se abría un abismo entre
ella y su vida pasada, un abismo que ya nunca más podría franquear.

Había momentos en los que, mirando hacia atrás, se contemplaba
a sí misma en el verde valle donde había vivido tanto tiempo entre
las montañas, junto a los obreros del Pastor, alimentando al pequeño
rebaño, charlando con sus parientes y acudiendo al estanque (por la
mañana y por la noche) a su cita diaria con el Pastor. Pero cada vez que
pensaba en ello se daba cuenta de que ahora, al contemplarse a sí misma en ese ambiente, tenía la sensación como de estar contemplando a
otra persona, y se decía: «Sí, es cierto, yo era esa mujer; pero ya no lo
soy; ya no soy esa mujer, ahora soy otra». En realidad, no sabía muy
bien ni acababa de entender qué y cómo había sucedido, pero lo cierto
era que todo aquello que el Pastor le había dicho que le sucedería, le
había sucedido; le había dicho que todos aquellos que descienden al
horno de Egipto y encuentran la flor de la Aceptación, salen de allí
cambiados y con el sello de la realeza, y eso era exactamente lo que le
había sucedido. En realidad, Miedosa no se sentía en absoluto parte
de la realeza, y a decir verdad -al menos en su apariencia externa-

tampoco lo parecía. Sin embargo, había sido sellada con la marca real, y ya nunca volvería a ser la misma de antes. Por lo tanto, a pesar de que caminaba día tras día agarrada a Pena y Contrariedad a lo largo de aquella costa interminable del Mar de la Soledad, no se quejaba ni se lamentaba. Pues le estaba sucediendo algo que, antes, le hubiera parecido totalmente imposible: en su corazón estaba naciendo una nueva clase de gozo, un gozo tan especial, pero tan intenso, que la había llevado a descubrir y encontrar belleza incluso en aquella enorme extensión monótona y yerma, haciéndole percibir cosas de las que no se había dado cuenta hasta entonces.

Cuando miraba al sol centellear en las alas de las revoltosas gaviotas, haciendo brillar sus plumas tan blancas como la nieve sobre los picos -ahora tan lejanos- de los Lugares Altos, su corazón se estremecía con un éxtasis interior. Hasta tal punto, que incluso el graznar melancólico de las gaviotas, que se sumaba a los periódicos lamentos de las olas, suscitaban en ella un sentimiento de pena que, paradójicamente, le resultaba bello. Tenía el presentimiento de que en algún lugar remoto y lejano debía estar la explicación y el significado de toda aquella pena, una respuesta justa y maravillosa que algún día le permitiría comprenderlo todo.

Con frecuencia, mientras observaba los movimientos torpes y grotescos de los cangrejos, se reía con estrépito. Cuando el sol brillaba con intensidad (algo no muy frecuente en aquel paraje, pero que sucedía ocasionalmente) el mar, por regla general gris y lúgubre, se transformaba en un espectáculo bello y fascinante; una danza continua de luz centelleante sobre las aristas verdes de los rompientes rocosos acariciados por la blancura de la espuma, que se recortaba sobre un horizonte azul como la medianoche.

Era precisamente cuando el sol brillaba de ese modo sobre la inmensidad de las aguas, cuando le parecía como si el gozo se hubiera tragado todas sus penas, y entonces suspiraba diciendo:

–Cuando él me haya probado, saldré purificada como el oro. El lloro puede prolongarse toda una noche, mas con el clarear de la mañana vendrá el gozo.

Cierto día llegaron a un lugar de la costa donde había unos acantilados altísimos y rocas esparcidas por todas partes. Allí se quedaron a descansar un tiempo; y Miedosa aprovechó aquellos días para recorrer el lugar. Al trepar sobre uno de los peñascos, descubrió una pequeña ensenada totalmente rodeada por las rocas y completamente vacía en su interior, salvo unos pocos montones de algas húmedas. Su primera impresión fue un sentimiento de vacuidad y desolación. Allí, tan sola y abandonada, parecía un corazón vacío, aguardando y suspirando por la marea lejana que la devolviese a la vida; anhelando el agua, que ahora se había retirado a tal distancia que parecía casi imposible que jamás volviese a llenarla. Se marchó con un sentimiento de tristeza. Sin embargo, llevada por un impulso, regresó a la misma ensenada solitaria unas horas después, y vio que todo había cambiado radicalmente. Ahora, las olas, empujadas por la fuerza de la marea alta, rompían con violencia contra las rocas; y mirando de nuevo desde el borde del peñasco, vio que la ensenada, antes vacía, estaba ahora llena hasta sus bordes y repleta de vida. Olas gigantescas, que sonaban como una mezcla de rugidos y risas, irrumpían con vigor contra las paredes rocosas y, desbordándolas, saltaban por encima formando cascadas multicolores que llenaban de agua, centímetro a centímetro, toda su capacidad. Al ver esta transformación, Miedosa se arrodilló en el borde del peñasco y construyó su tercer altar.

–Oh mi Señor -clamó-. Te doy gracias por guiarme hasta aquí. Heme aquí, yo también me siento vacía y sola, como antes estaba esa pequeña ensenada; pero esperando paciente tu tiempo para ser llenada hasta el borde con la marea del Amor.

Entonces recogió una piedrecita de cristal de cuarzo que había sobre un peñasco y la echó dentro de su bolsita, junto con las otras piedras memoriales que llevaba en ella.

Su alegría duró poco tiempo, puesto que -poco después de haber levantado ese nuevo altar- sus enemigos hicieron acto de presencia otra vez. Lejos de allí, en el Valle, sus parientes habían estado esperando pacientemente que Orgullo regresara con su víctima; pero como el tiempo pasaba y Orgullo no volvía, llegaron a la conclusión de que probablemente había fracasado en su empresa; y no regresaba porque era demasiado orgulloso como para admitirlo. En consecuencia, decidieron mandar refuerzos lo antes posible, antes de que Miedosa pudiera alcanzar los Lugares Altos y quedara para siempre lejos de su alcance.

Así pues, enviaron espías quienes -después de localizar a Orgullo- informaron de que Miedosa no estaba en ningún lugar de las montañas, sino mucho más lejos, en la orilla del Mar de la Soledad, y que por tanto iba en dirección opuesta a las montañas. Esto fue una noticia inesperada pero muy bien recibida, y les alentó a enviar en su persecución a los mejores de ellos, para ayudar a Orgullo en su tarea. Por unanimidad, decidieron enviar a Resentimiento, Amargura y Auto-Compasión, instándoles a que se apresuraran y colaboraran en todo con Orgullo en la empresa de traer a Miedosa de regreso a sus familiares, que la aguardaban impacientes.

Salieron, pues, en dirección a las costas del Mar de la Soledad hasta dar con ella y, cuando lo consiguieron, Miedosa tuvo que soportar un período de ataques muy desagradable. Es cierto que sus enemigos muy pronto descubrieron que ya no era la misma Miedosa que habían conocido en el Valle. Ahora les resultaba muy difícil acercarse a ella, porque se mantenía en todo momento cerca de Pena y Contrariedad y aceptaba su protección mucho más gustosamente que antes. Sin embargo, la acosaban en la distancia, una y otra vez, gritándole cosas horribles, burlándose de ella y bombardeándola con comentarios insidiosos. A Miedosa le daba la sensación de que estaban por todas partes, pues dondequiera que ella y sus compañeras se ocultaran para protegerse (las rocas estaban llenas de escondrijos), allí aparecían ellos lanzando sus dardos contra ella.

—¡Te lo dije! -gritaba Orgullo con sorna y malicia-. ¿Dónde estás ahora, pequeña tonta? ¿Arriba, en los Lugares Altos? Más bien parece que no, ¿verdad? ¿Sabes que todo el mundo en el Valle conoce lo que te ha sucedido y que todos están ahora riéndose de ti? ¡Vaya, vaya! ¿Conque buscabas el deseo de tu corazón, eh? ¡Pues ya lo tienes! Mira donde estás ahora: aquí, en la orilla del Mar de la Soledad, abandonada por él, tal como yo te previne que te sucedería. ¿Por qué no prestaste atención a lo que te decía, eh? ¡Necia, pequeña inútil!

Entonces, desde detrás de otra roca, sacó la cabeza Resentimiento. Era extremadamente feo (tan feo que daba repeluzno mirarle); pero, no obstante, su fealdad tenía algo de fascinante, hasta el punto de que a Miedosa le resultaba difícil esquivar su mirada, cosa que él aprovechó para gritarle con osadía:

—Sabes bien, Miedosa, que estás actuando como una ciega, una obcecada idiota. ¿Quién es ese Pastor al que sigues? ¿Qué clase de persona es, que demanda de ti todo lo que tienes y toma todo lo que tú le ofreces sin darte a cambio nada más que contrariedades, sufrimiento y pena, ridículo y vergüenza? ¿Por qué permites que te trate así? Ponte firme y demanda de él que cumpla su promesa y te lleve de una vez por todas a los Lugares Altos. De lo contrario, dile que te sientes liberada de todas las promesas que le has hecho y que no piensas seguirle por más tiempo.

Amargura irrumpió también en la escena con su voz ronca y aire de desprecio, diciéndole:

—Cuanto más te rindas a él, más exigirá de ti. Es cruel, y se aprovecha de tu devoción. Todo lo que te ha pedido hasta ahora, no es nada comparado con lo que te exigirá si persistes en seguirle. Abandona a sus seguidores, incluso a mujeres y a niños indefensos, y permite que vayan a parar a campos de concentración y sufran torturas, padecimientos indecibles, muertes horribles, sin hacer nada para impedir-lo. ¿Podrías tú soportar eso, pequeña gallina miedosa? ¿No, verdad? Entonces, retírate a tiempo y déjale antes de que demande de ti el sacrificio supremo, pues más tarde o más temprano te pondrá en una especie de cruz y te abandonará allí.

Acto seguido hizo sonar su voz Auto-Compasión. Éste era mucho peor que todos los demás, pero hablaba con tanta sutileza y en un tono tan dulce y lastimero que, cuando hablaba, Miedosa sentía estremecimientos y debilidad en todo su ser.

–¡Pobrecita, mi pequeña Miedosa! -suspiraba-. Qué mala suerte has tenido, ¿no crees? ¡Tan devota como eres de él: nunca te la has rehusado nada, absolutamente nada! Y no obstante, ¡mira de que manera tan injusta y tan cruel te trata! ¿Pero cómo puedes seguir convencida de que te ama y que en su corazón se ha propuesto hacerte el bien, viendo la manera tan injusta como te trata? ¿Cómo puedes seguir pensando que eso es posible?

Y agregó:

–Estás en todo tu derecho de estar dolida y de sentir pena y compasión de ti misma. Y aunque sigas resuelta a sufrir por su causa y convencida de que vale la pena hacerlo, pienso que, al menos, deberías sincerarte y hacer saber a los demás lo mal que te trata, para que te comprendan y te compadezcan, en lugar de ridiculizarte como lo hacen. Parece que aquél a quien amas y sigues ciegamente, no sólo se deleita en hacerte sufrir, sino (lo que es peor) en impedir además que las otras personas te comprendan y te compadezcan; pues cada vez que te rindes a él ingenia alguna manera nueva de herirte y machacarte.

Esto último que Auto-Compasión introdujo en su discurso fue un grave error por su parte, puesto que la palabra «machacar» trajo a la memoria de Miedosa lo que el Pastor le había dicho cuando estaban juntos en el interior de la Pirámide, en el lugar donde trillaban el trigo: «El maíz y el trigo se trillan -le había dicho él-, pero no se trillan para siempre; sólo hasta que están listos para convertirse en pan para otros. También esto salió de Yahvé de los ejércitos, para hacer maravilloso el consejo y engrandecer la sabiduría» (Isaías 28:28).

Al venir a su mente estos recuerdos, Miedosa se agachó y cogió del suelo un trozo de roca (para gran asombro de Auto-Compasión), lanzándolo contra él con toda la fuerza de que fue capaz. Ante esto, el pérfido atacante se dirigió a sus otros tres compañeros y, cambiando el tono de su voz para demostrar su agravio, exclamó:

–¡Si no llega a ser porque he bajado la cabeza a tiempo y he saltado como una liebre, me da! ¡Vaya con la pequeña zorra! ¡Quería dejarme tumbado en el suelo!

Verse asediada de ese modo, día tras día, con comentarios y observaciones de ese tipo, era más que agotador; y lo peor era que -como caminaba con las manos agarradas a las de Pena y Contrariedad, que la sostenían- Miedosa no se podía tapar los oídos, de manera que sus enemigos tenían campo libre para hacerle pasar muy malos ratos con sus comentarios.

Finalmente, las cosas llegaron a un punto crítico. Un día, mientras sus compañeras parecían estar durmiendo, Miedosa se fue sigilosamente a dar un paseo sola por los alrededores. Esta vez no fue a su lugar favorito (la pequeña ensenada) sino en otra dirección; y llegó a un lugar donde los peñascos que sobresalían en el mar formaban una plataforma muy estrecha que terminaba en un precipicio.

Cuando llegó al borde del estrecho promontorio, se quedó durante un tiempo contemplando extasiada la inmensidad del mar; pero al darse la vuelta, descubrió para horror suyo que sus cuatro enemigos se estaban acercando. No cabía duda de que su carácter y naturaleza habían cambiado notablemente, puesto que esta vez, aunque pálida y asustada, en lugar de desmayarse de miedo (que hubiera sido lo habitual en ella), tomó una piedra en cada mano y, apoyando la espalda contra una gran roca, se preparó para hacerles frente hasta donde le permitiera el límite de sus fuerzas. Afortunadamente, el lugar era demasiado angosto para que los cuatro pudieran acercarse juntos, de modo que Orgullo tomó la iniciativa, se puso al frente de los otros y caminó hacia ella sosteniendo un fuerte garrote.

–Ya puedes dejar esas piedras en el suelo, Miedosa -dijo arrogante-. Somos cuatro y podemos hacer lo que nos dé la gana contigo: ahora estás en nuestro poder. No sólo tendrás que escucharnos, sino que además vendrás con nosotros, quieras o no.

Miedosa levantó los ojos al cielo y, con todas sus fuerzas, gritó:

–¡Ven a liberarme y no te demores, oh mi Señor!

Para horror de los cuatro rufianes, allí estaba el Pastor en persona, saltando directo hacia ellos a lo largo del angosto promontorio, con un aspecto más imponente que el de un gran ciervo de las montañas embistiendo con su aguda cornamenta. Resentimiento, Amargura y Auto-Compasión trataron de tirarse al suelo o hacerse a un lado mientras él saltaba derecho hacia el lugar donde Orgullo seguía amenazando a Miedosa con su garrote. Agarrándolo por los hombros, el Pastor lo hizo girar en redondo, lo levantó en el aire (mientras el agresor soltaba un agudo y desesperado grito) y después lo lanzó por el borde del peñasco al precipicio, donde cayó al mar.

–¡Oh, Pastor -suspiró Miedosa, sacudiéndose con alivio y esperanza-, gracias! ¿Crees que Orgullo habrá muerto?

–No -dijo el Pastor-; es poco probable.

Dirigió una rápida mirada al precipicio y pudo ver a Orgullo nadando como un pez hacia la orilla; entonces añadió:

–Allá va, pero ha recibido una lección que jamás olvidará, y cojeará por algún tiempo. En cuanto a los otros tres, se han esfumado escondiéndose en algún lugar, y no tendrán muchos deseos de molestarte de nuevo ahora que se han dado cuenta de que estoy contigo cuando me llamas.

–Pastor -dijo Miedosa muy seria-, dime: ¿por qué de nuevo he estado a punto de caer en las garras de Orgullo y por qué Resentimiento, Amargura y Auto-Compasión han podido molestarme tanto? No te he llamado hasta ahora porque nunca se habían atrevido a acorralarme tan de cerca; pero me han estado espiando constantemente, siguiéndome y haciéndome a todas horas sus horribles comentarios y sugerencias, y no tuve manera de huir ni librarme de ellos. ¿Por qué?

–Creo -dijo el Pastor pausadamente- que estos últimos días la senda se había hecho un poco más fácil: lucía el sol y por tanto habías ido a un lugar donde poder descansar. Te olvidaste por un momento de que eres mi pequeña sierva Aceptación-con-Gozo y comenzaste a sacar tus propias conclusiones y a decirte a ti misma que ya era tiempo de que te guiara a las montañas y te llevara hacia arriba, a los Lugares Altos. Cuando siembras en tu corazón la mala hierba de la impaciencia en lugar de la flor de la Aceptación-con-Gozo, siempre encontrarás que tus enemigos te sacan ventaja.

Miedosa se sonrojó, pues en su fuero interno sabía que la diagnosis del Pastor era totalmente acertada. Le había resultado más fácil ser paciente cuando el camino era difícil, cuando el mar estaba gris y el ambiente triste; pero cuando el sol resplandecía y todo a su alrededor lucía brillante y feliz, la impaciencia brotaba en su corazón.

Miedosa puso su mano en la del Pastor y reconoció con pena:

–Tienes razón. Estuve pensando que me tenías aquí siguiendo este sendero por demasiado tiempo y que te habías olvidando de tu promesa.

Entonces, mirándole fijamente al rostro, añadió:

–Pero ahora, te digo con todo mi corazón que Tú eres mi Pastor, cuya voz amo oír y deseo obedecer, y que mi gozo es seguirte. Escoge Tú por mí y yo obedeceré.

El Pastor se inclinó, tomó una piedra que había cerca de sus pies y dijo sonriente:

–Pon esto en tu bolsita junto con las otras piedras, como recuerdo de este día en que te viste acorralada por Orgullo, y de la promesa que has hecho de que esperarás pacientemente hasta que yo te conceda el deseo de tu corazón.

CAPÍTULO VIII

El Dique en el Mar

Habían pasado algunos días desde la victoria sobre Orgullo, y Miedosa y sus compañeras continuaban su viaje a lo largo de la orilla del inmenso Mar de la Soledad. Una mañana, el camino cambió de rumbo inesperadamente, adentrándose de nuevo en el desierto en dirección a las montañas y dejando el mar a su espalda (aunque, por supuesto, seguían estando todavía demasiado lejos de las montañas como para avistarlas). No obstante, Miedosa sintió un estremecimiento de gozo indescriptible: ¡Por fin el camino iba hacia el Este y, de seguir así, las llevaría directamente a los Lugares Altos!

Tan contenta estaba que se soltó de la mano de sus dos guías para dar palmas con las suyas y saltar de gozo. Poco le importaba la enorme distancia que las separaba de las montañas, pues ahora, por fin, sabía que iban en la dirección correcta. Siguiendo el trazado del camino, se adentraron nuevamente en el desierto (esta vez en dirección a las montañas); pero Miedosa, impaciente y sin esperar a sus guías, corría delante de ellas como si nunca hubiera estado lisiada.

Pero de pronto el camino giró inesperadamente de nuevo (esta vez hacia la derecha) y, para su desilusión, pudo comprobar que, tan lejos como su vista alcanzaba, no iban directas hacia las montañas, sino al Sur, hacia otro lugar remoto donde el desierto parecía terminar en unas colinas. Se detuvo paralizada por el desaliento y se quedó muda de asombro, por no decir de espanto. Después comenzó a temblar como un flan, de arriba a abajo. ¡No, no podía ser! No era posible que otra vez el Pastor le estuviera diciendo: «No», y llevándola en sentido contrario a los Lugares Altos.

«La esperanza que se prolonga es tormento del corazón», dijo un sabio hace muchos años. ¡Y qué gran verdad decía! Después de haber estado corriendo y saltando de alegría a lo largo del camino (convencida de que la llevaría a las montañas) y de haber dejado a Pena y Contrariedad bastante atrás, ahora se veía de nuevo sola, en un punto donde el camino se alejaba nuevamente de los Lugares Altos.

Precisamente entonces, detrás de una duna de arena, apareció la silueta de su enemigo Amargura. No se acercó mucho (la experiencia le había enseñado a ser algo más prudente, y no quería que Miedosa llamara al Pastor si podía evitarlo); pero allí estaba, mirándola y riéndose una y otra vez a carcajadas de ella, unas carcajadas que a los oídos de Miedosa retumbaron como el sonido más desagradable y amargo que jamás hubiera escuchado en toda su vida.

Amargura, dispuesto al ataque, le dijo con la ponzoña de una víbora:

—Vamos, pequeña, ríete tú también. ¿Por qué no te ríes ahora, eh, ilusa? ¿Acaso no sabías lo que te pasaría?

Y continuó con sus estridentes carcajadas, hasta el punto que a Miedosa le pareció como si todo el desierto retumbara burlándose de ella. Pena y su hermana Contrariedad llegaron donde estaba Miedosa y se detuvieron a su lado quieta y silenciosamente. Por unos instantes se palpaba en el aire un ambiente de dolor y «un terror de grande oscuridad». Súbitamente comenzó a soplar un viento huracanado que pronto se transformó en un torbellino de polvo y arena del desierto que las dejó completamente cegadas.

En el silencio que siguió a la tormenta, se escuchó la voz temblorosa y tenue de Miedosa, diciendo:

—Mi Señor, ¿qué tratas de decirme? Habla, que tu sierva oye.

Un instante después, el Pastor estaba junto a ella.

—Alégrate -le dijo-, no temas. Constrúyeme otro altar y ponte a ti misma como ofrenda.

Obediente, Miedosa levantó un pequeño montón de arena y piedras sueltas, que fue todo lo que pudo encontrar en aquel paraje desértico; puso allí de nuevo su voluntad y con lágrimas en los ojos (puesto que Pena había dado un paso adelante y se había arrodillado junto a ella), dijo:

—Yo me deleito en hacer tu voluntad, oh mi Señor.

Entonces (desde alguna parte del desierto, aunque no pudieron ver de dónde) surgió una llamarada que consumió la ofrenda dejando un pequeño montón de cenizas en el altar, y escucharon la voz del Pastor que decía:

—Esta demora no es para muerte, sino para la gloria de Dios, para que el Hijo sea glorificado.

Y una nueva ráfaga de viento esparció en todas direcciones las cenizas que habían quedado sobre el altar. Miedosa se sintió aliviada y descargada de un gran peso, pues aquellas llamas habían consumido su voluntad propia, sin destruir o aniquilar su personalidad. Entonces se levantó y, acercándose al altar, recogió una piedrecita que encontró y la puso en su bolsa de recuerdos. Acto seguido, dejando los Lugares Altos a su espalda, continuaron su marcha hacia el sur siguiendo el camino. El Pastor fue con ellas un trecho, lo que hizo que Resentimiento y Auto-Compasión (que seguían merodeando por allí esperando una oportunidad para atacar de nuevo) tuvieran que quedarse quietos, escondidos detrás de las dunas de arena sin dejarse ver.

Finalmente, llegaron a un punto donde se encontraron de nuevo con el mar, cuyas aguas se introducían súbitamente en el desierto formando una especie de bahía. Una intensa marea hacía que el nivel del agua se elevara cada vez más. En medio de esa bahía, alguien había construido sobre arcos de piedra una especie de viaducto de poca altura (útil para cruzar al otro lado con la marea baja, pero que con la marea alta quedaba totalmente cubierto por el agua, haciendo el tránsito imposible). El Pastor llevó a Miedosa hasta la orilla indicándole que siguiera adelante por el camino y que continuara caminando por encima del puente cubierto por las aguas, asegurándole que no tuviera ningún miedo de ahogarse. Le repitió una vez más, con mayor énfasis, lo que le había dicho junto al altar, y se fue.

Miedosa y sus dos compañeras se adentraron caminando por el viaducto, cubierto por un oleaje que hacía el camino totalmente invisible. Un solo paso en falso y podían hundirse en el agua, quedando totalmente a merced de las olas; pero, poco a poco y tanteando las piedras, siguieron caminando sobre el viaducto invisible que había debajo de sus pies, hasta ganar la otra orilla.

Mientras cruzaban ese puente cubierto por el agua, distinguieron algo en la distancia; pero estaba tan lejos y tan confuso que no podían acabar de determinar con exactitud de qué se trataba, pues lo mismo podía ser una nube que la silueta de una montaña. ¿O sería un espejismo, fruto tan sólo de la imaginación y del deseo?

Pero, a medida que fueron avanzando sobre el viaducto en dirección a la otra orilla, con la mirada fija siempre adelante, pudieron ver con más claridad que el viaducto emergía del agua y se elevaba hacia un escenario totalmente distinto. El viaducto se transformaba en un grueso dique de contención, dejando a un lado el mar que lo azotaba furiosamente, y dando lugar, en el otro, a un extenso valle de huertos y campos cultivados. El sol brillaba con intensidad y -caminando por encima de la pared del dique- pudieron sentir la fuerza impetuosa del viento empujando las olas y estrellándolas con fuerza contra el muro de piedra. Al otro lado del dique, en la llanura, una jauría de sabuesos, azuzados por cazadores, corrían y saltaban furiosos, dando fuertes ladridos porque la caza que perseguían levantaba el vuelo antes de que ellos llegaran y nunca lograban alcanzarla.

A Miedosa le parecía que los alaridos del viento y el rugir de las olas estrellándose a sus pies contra el muro, se introducían en su misma sangre y le insuflaban una corriente de vida que recorría todo su ser. El viento azotaba sus mejillas, desaliñaba su cabello, le arrancaba el vestido y casi la derribó al suelo, pero ella permanecía allí, impávida sobre el muro, gritando y cantando a pleno pulmón, a pesar de que el viento absorbía todo el sonido de lo que cantaba y se lo llevaba lejos, ahogándolo en un rugido ensordecedor. Lo que Miedosa cantaba allí, sobre el viejo dique del mar, era:

—«Luego levantará mi cabeza sobre mis enemigos que me rodean, y yo sacrificaré en su tabernáculo sacrificios de júbilo; cantaré y entonaré alabanzas a Yahvé» (Salmo 27:6).

Mientras cantaba, pensaba: «Debe de ser algo terrible ser enemigo del Pastor y vivir en una frustración constante, viendo cómo una y otra vez su presa les es arrebatada. Debe de ser enloquecedor ver que, aun el más pequeño, débil y sencillo de sus siervos, alcanza los Lugares Celestiales y triunfa sobre todos sus enemigos mientras ellos corren tras él y se esfuerzan en vano. Debe de ser insoportable».

Y allí, encima de la pared del dique, agarró otra piedrecita (esta vez en memoria de su victoria sobre sus enemigos) y la echó dentro de su bolsita de tesoros memoriales.

De ese modo atravesaron la bahía, pisando sobre un viaducto invisible por la marea, y caminaron sobre la pared del viejo y grueso dique que estaba levantado a continuación. Poco después se encontraron a la entrada de un bosque.

El cambio de escenario, después de su largo viaje a través del desierto, les pareció maravilloso. Una primavera tardía estaba en esos momentos escapando de las garras del invierno; todos los árboles habían brotado con hermosos tonos verdes y los pimpollos estaban a punto de abrirse. En los claros entre los árboles crecían campanillas azules y anémonas silvestres, y las violetas y las flores amarillas se apiñaban junto a los arbustos a lo largo de los bordes cubiertos de musgo. Los pájaros cantaban alegres, llamándose unos a otros, absortos en la tarea de construir sus nidos.

Miedosa pensó en el hecho de que nunca antes se había parado a observar cómo era el despertar de la primavera después de la muerte del invierno. Y llegó a la conclusión de que, tal vez, le había sido necesario pasar días y días vagando por las interminables extensiones de arena del desierto, para poder ahora abrir los ojos y darse cuenta de toda esta belleza; pues caminaba por el bosque tan feliz, que casi se había olvidado de que Pena y su hermana Contrariedad también caminaban con ella.

Dondequiera que miraba, le daba la impresión de que el verde intenso de los árboles, los pájaros haciendo sus nidos, las ardillas saltarinas y el brotar de las flores: todo estuviera cantando una misma canción, diciendo la misma cosa, saludándose con éxtasis unos a otros en su lenguaje especial y diciendo al unísono alegremente: «Ya lo ves, por fin el invierno se ha ido. La demora no era para muerte, sino para la gloria de Dios. Nunca ha habido antes una primavera tan hermosa como ésta».

Esto, la llevó también a tomar conciencia de la profunda y maravillosa conmoción que estaba teniendo lugar dentro de su corazón, donde también estaba irrumpiendo una nueva vida. Y el sentimiento era muy dulce, aunque mezclado todavía con una buena dosis de dolor, de tal modo que se le hacía difícil discernir cuál de los dos predominaba. Pensó en la semilla del Amor que el Pastor había plantado en su corazón, y miró (medio temerosa y medio ansiosa) para ver si realmente había echado raíces y estaba brotando. Vio una masa de hojas y, en el extremo del tallo, lo que parecía ser un capullo.

Pero al mirarla sintió un dolor agudo en su corazón, pues se acordó de las Palabras del Pastor: que cuando la planta del Amor estuviera a punto de florecer, sería amada y recibiría un nombre nuevo allá en los Lugares Altos.

Y sin embargo, todavía estaba muy lejos de allí, más lejos que antes, y aparentemente sin ninguna posibilidad de llegar por largo tiempo. ¿Cómo podía demostrarse que la promesa del Pastor era verdadera? Y al pensar en ello, las lágrimas volvieron a rodar por sus mejillas.

(Quizás alguien pueda pensar que Miedosa era demasiado propensa a derramar lágrimas, pero no debemos olvidar que tenía a Pena como una de sus compañeras y maestras).

El corazón conoce sus propias penas y hay momentos cuando es reconfortante pensar, como el rey David, que Dios mismo recoge nuestras lágrimas en su redoma, y ni una sola de ellas cae en el olvido del único que sabe guiarnos por los senderos del dolor.

Pero Miedosa no estuvo llorando por mucho tiempo, puesto que casi de inmediato divisó algo que brillaba como el oro. Mirando con atención, vio que se trataba (nada más y nada menos) que de una copia exacta de la pequeña flor dorada que había descubierto creciendo cerca de las pirámides del desierto y que, de alguna manera, estaba creciendo también en su propio corazón. Miedosa lanzó un grito de alegría; la pequeña florecilla se tambaleaba de un lado a otro, y a la muchacha le pareció oír que estaba diciendo:

«Heme aquí, estoy creciendo en tu corazón; me llamo Aceptación-con-gozo».

Miedosa sonrió y respondió: «Oh sí, por supuesto; se me había olvidado». Se arrodilló allí mismo, en el bosque, y construyó un altar con unas cuantas piedras y algunas ramas caídas de los árboles.

(Como seguramente habréis notado, Miedosa construía los altares con los materiales que tenía a mano en cada momento).

Entonces, dudó por un momento. ¿Qué debía poner sobre el altar esta vez? Miró a la pequeña planta del Amor, (que podría, o no, tener un capullo), se inclinó hacia adelante, y colocó su propio corazón en el altar mientras decía:

—Heme aquí, tu pequeña sierva todo lo Acepta-con-Gozo, y todo lo que está en mi corazón es tuyo.

Esta vez, aunque vino también una llama de fuego que quemó los troncos, el capullo quedó intacto en el tallo de la planta. Quizá fuera debido -pensó Miedosa- a que era demasiado poca cosa para ofrecer. Pero, no obstante, algo maravilloso había acontecido. Fue como si una chispa de la llama hubiera entrado en su corazón y estuviera aún centelleando allí, caliente y radiante. En el altar, entre las cenizas, había otra piedrecita, que tomó y puso junto a las demás, de forma que ahora tenía ya seis piedras de recuerdo en el fondo de su bolsita.

Siguiendo su camino, al cabo de poco tiempo llegaron al lindero del bosque y Miedosa profirió un grito de gozo, al comprobar que quien las estaba esperando allí era el propio Pastor. Ligera como si hubiera tenido alas en los pies, salió corriendo hacia él:

—¡Oh, bienvenido, bienvenido, y mil veces bienvenido! -exclamó vibrando de gozo desde la cabeza a los pies-. Me temo que no encuentres gran cosa en el jardín de mi corazón, Pastor, pero todo lo que allí hay es tuyo para que hagas con ello lo que quieras.

—He venido a traerte un mensaje -dijo el Pastor-. Tienes que prepararte para algo nuevo, Miedosa. Éste es el mensaje: «Ahora verás lo que yo haré» (Éxodo 6:1).

A Miedosa el color le subió a las mejillas y un estremecimiento de gozo la sacudió, porque recordó la semilla plantada en su corazón y la promesa de que cuando estuviera lista para florecer sería llevada a los Lugares Altos y podría entrar en el Reino del Amor.

—¡Oh Pastor! -exclamó casi sin aliento- ¿Quieres decir que ahora, por fin, estoy lista para ir a los Lugares Altos?

Ella se imaginó que el Pastor asentía con la cabeza, pero él en realidad no contestó; simplemente permaneció en silencio mirándola con una expresión que ella no acababa de entender.

—¿No es eso lo que quieres decir -repitió tomando su mano y mirándole con un gozo indescriptible-, que pronto me llevarás a los Lugares Altos?

Esta vez contestó:

—Sí -y añadió con una extraña sonrisa- y ahora verás lo que yo haré.

CAPÍTULO IX
El gran Precipicio de la Injuria

Después de esto, Miedosa caminaba por los campos, las huertas y las colinas del país al que habían llegado con una canción en su corazón. Parecía como si ya no le importara que Pena y Contrariedad siguieran con ella, porque abrigaba la esperanza en su corazón de que pronto dejarían de ser sus compañeras para siempre, pues cuando llegara a las montañas ya no las necesitaría más. Tampoco le importaba que el camino que seguían corriera en dirección al Sur, serpenteando entre las colinas y llevándolas a través de los valles, porque tenía la promesa del Pastor de que pronto la llevaría de nuevo a las montañas del Este, al lugar que deseaba su corazón.

Al cabo de un tiempo, el camino comenzó a trepar hacia las colinas, y un día, súbitamente, cuando coronaban la cima de la más alta de las colinas en el preciso momento en que el sol se levantaba, se encontraron en una enorme meseta. Miraron al Este, por donde apuntaba el dorado sol naciente, y Miedosa prorrumpió en un grito de gozo y agradecimiento.

Allí, a no mucha distancia, en la parte más alejada de la meseta, vio los altos picos cubiertos de nieve, tan blancos y brillantes que sus ojos quedaron deslumbrados por su gloria. Estaba contemplando los Lugares Altos. Pero mejor aún, el camino que venían siguiendo giraba aquí al Este y las llevaba derecho hacia las montañas.

En lo más alto de la colina, Miedosa cayó sobre sus rodillas, inclinó su cabeza y se entregó en adoración. En ese momento le pareció que todo el dolor y la demora, todas las penas y pruebas de las largas jornadas que habían transcurrido, no era nada comparado a la gloria que brillaba ante ella. También le pareció que incluso sus compañeras sonreían con ella. Cuando hubo adorado y se hubo regocijado extensamente, se levantó y las tres comenzaron a cruzar la meseta. Era asombroso lo rápido que avanzaban, pues el camino era llano y comparativamente exento de dificultades; de modo que, mucho antes de lo que habían creído, estaban ya pisando las primeras peñas y declives de las laderas de las montañas.

Pero a medida que avanzaban, los peñascos eran cada vez más grandes y los declives más escarpados, lo que hacía que Miedosa no pudiera evitar los golpes y rasguños al caminar; y cuanto más se acercaban, más intransitable se hacía el paso hacia las montañas. Pero se consoló y se animó a sí misma diciéndose que, sin duda, cuando estuvieran más cerca encontrarían alguna garganta o desfiladero por donde poder pasar; y que no le importaba cuán empinado y escarpado fuera, con tal de que las llevara hacia arriba. Al atardecer de aquel día, después de coronar la cima de uno de esos declives, se encontraron justo al pie de una de las mayores montañas. Pero el camino que venían siguiendo terminaba aquí, en un precipicio imposible de franquear.

Miedosa se quedó quieta y muy seria. Cuanto más miraba, más aturdida se sentía. Entonces comenzó a temblar, puesto que la enorme montaña que se alzaba frente a ella era una pared de roca lisa, tan alta que se sintió mareada sólo con levantar la cabeza para mirar a la cima. En el lugar donde se encontraban, los peñascos bloqueaban completamente el camino, aunque continuaba un poco más adelante en dirección hacia arriba, para cortarse bruscamente un poco después. No había señal alguna que indicara otra senda en ninguna dirección, y tampoco había la más remota posibilidad de escalar la formidable pared de roca lisa.

Tan pronto como este pensamiento abrumó su mente, Contrariedad la tomó de la mano y le señaló algo en la pared rocosa. Un ciervo, seguido de una cierva, acababan de salir de detrás de unas rocas y en ese preciso instante iniciaban su ascenso por el precipicio. Mientras las tres observaban atentas sus movimientos, Miedosa estuvo a punto de desmayarse, porque vio cómo el ciervo seguía trepando por un despeñadero siguiendo una senda que zigzagueaba de peñasco en peñasco. En algunos sitios no era más que un pasadizo extremadamente angosto; en otros, un grupo de peñascos separados unos de otros; y en ciertos lugares, aparentemente se cortaba por completo.

Cuando llegaba a uno de esos lugares, el ciervo -sin pensarlo demasiado- saltaba en el vacío a otro peñasco situado aún más arriba, seguido siempre de cerca por la cierva, que colocaba sus patas exactamente en el mismo punto donde el ciervo las había puesto instantes antes, de una manera aparentemente irreflexiva y temeraria, pero con absoluta seguridad, como es propio y habitual en estas criaturas de las montañas. De ese modo, ambos fueron saltando de peñasco en peñasco y ascendiendo, siempre uno detrás de otro, hasta subir toda la pared del precipicio y desaparecer de su vista en la cumbre.

Miedosa se cubrió la cara con las manos y se hundió tras una roca, presa de un horror y un pánico en su corazón como nunca antes había experimentado.

Entonces sintió que sus dos compañeras la tomaban de la mano y le decían:

—No temas, Miedosa: esto no es el fin y no tendremos que volver atrás. Hay una senda que sube por el precipicio. El ciervo y la cierva nos la han mostrado y no es tan difícil. Las tres seremos capaces de seguirles y de realizar el mismo ascenso.

—¡Oh, no, por favor! -dijo Miedosa casi chillando de pánico-. Ese camino es absolutamente impracticable. Los ciervos pueden ascender por él, pero ningún ser humano es capaz de hacerlo. Yo nunca podría caminar por esas alturas. Resbalaría y me haría pedazos contra las rocas (entonces rompió en un inmenso sollozo). Es una situación imposible, absolutamente imposible: no puedo subir a los Lugares Altos de esa manera, y por lo tanto nunca llegaré a poner mis pies allí.

Sus dos guías trataron de decirle algo más, pero ella se tapó los oídos con las manos para no escucharlas y rompió en otra serie de sollozos.

Allí estaba Miedosa, la sierva del gran Pastor, sentada al pie del precipicio, retorciéndose las manos y meneando la cabeza, presa del pánico y sollozando sin descanso.

—¡No, no puedo hacerlo, no puedo! ¡Nunca llegaré a los Lugares Altos!

No es preciso decir que esta manera de reaccionar, por sí sola, quedaba muy por debajo de la imagen que corresponde a una persona perteneciente a la familia real del Pastor; pero aún peor era lo que estaba por venir.

Cuando se agachó para sentarse en el suelo, totalmente exhausta, escuchó un ruido como de pasos, el crujir de algunas piedras sueltas, y después una voz, casi junto a ella, que le decía con sorna:

—¡Ja, ja, ja! Mi querida prima, ya nos hemos encontrado de nuevo. ¿Cómo te sientes ahora, Miedosa, ante esta situación tan agradable?

Ella abrió sus ojos con redoblado terror y se encontró mirando -frente a frente- a la horrible y deforme cara del mismísimo Malicioso.

—¿Pues qué te creías, tonta? ¿Pensabas que podrías deshacerte de mí tan fácilmente? No, no, Miedosa, tú perteneces a los Temerosos y eres una de ellos; ésa es una verdad que no puedes evadir. Y aun te digo más, pedazo de tembleque idiota: has de saber que me perteneces. He venido expresamente para llevarte de regreso y asegurarme de que no te extravíes de nuevo. Mira: no hay mal que por bien no venga; así por fin podremos reunirnos y estar juntos -dijo en un alarde de la más horrible bajeza.

—No iré contigo Malicioso -dijo jadeante la pobre Miedosa, demasiado asustada por la inesperada aparición como para darse cuenta de lo que estaba diciendo-. Me niego rotundamente a ir contigo.

—Bueno, puedes elegir. Echa una mirada al precipicio que tienes ahí delante. ¿Qué tal te sentirías hecha añicos en el fondo? Mira hacia donde te estoy señalando, Miedosa; mira allí, a mitad de camino hacia arriba, donde está aquel saliente que se corta abruptamente: desde allí tendrás que saltar por encima de aquella grieta hasta alcanzar aquel otro pedacito de roca más arriba. Imagínate a ti misma saltando ese precipicio, colgada en el vacío, agarrándote a un pedazo de roca resbaladiza a la cual no puedes mantenerte aferrada ni por un minuto. Mira esos horribles peñascos, afilados como cuchillos, que hay en el fondo del precipicio, esperando ansiosos a que agotes tus fuerzas y caigas irremisiblemente sobre ellos para recibir tu cuerpo y cortarlo en pedazos.

Y agregó:

—No te produce el pensarlo un sentimiento agradable, ¿eh, Miedosa? Tómate tan sólo unos instantes para imaginar ese cuadro mental. Y piensa, además, que ésa que te señalo es sólo una de las numerosas dificultades de ese camino; y que cuanto más alto subas, pequeña ignorante, de más alto vas a caer. Bueno, elige: o subes trepando hacia arriba (lo cual sabes sobradamente que es imposible, pues lo más seguro es que acabarías convertida en un amasijo de carne sanguinolenta allá abajo); o bien te das la vuelta y regresas conmigo, a vivir junto a mí y ser para siempre mi esclava.

Las rocas y los peñascos hicieron un eco siniestro a la risa burlona con la que Malicioso concluyó su discurso.

—Miedosa -le dijeron sus dos guías, situándose una a cada lado y agarrándola gentil pero firmemente por los hombros-, sabes perfectamente de dónde viene tu ayuda. Pide auxilio.

Pero Miedosa se pegó a ellas sollozando otra vez.

—Tengo miedo de llamar -dijo jadeante y sin aliento-. Estoy muy asustada. Tengo miedo de que, si le llamo, me va a decir que ése es el único camino; que debo seguir adelante por ese horroroso y terrible camino… y no podré hacerlo, es imposible. No puedo enfrentarme a eso. ¡Oh! ¿Qué voy a hacer?

Pena se inclinó hacia ella diciéndole con amabilidad pero en tono firme y apremiante:

—Debes llamarle a él, Miedosa. Llámale de una vez.

—Si le llamo -dijo Miedosa temblando y castañeteando los dientes-, Él me dirá que debo construir un altar y rendirme… y no puedo; esta vez no puedo.

Malicioso soltó una carcajada de triunfo y se adelantó un paso hacia donde ella estaba para agarrarla, pero sus dos compañeras se interpusieron entre él y su víctima. Contrariedad miró a Pena, quien le hizo una seña con la cabeza. En respuesta a esta señal, Pena sacó un pequeño cuchillo muy afilado que llevaba colgado de su cinturón, e inclinándose hacia Miedosa (que seguía agachada en el suelo) la pinchó. Miedosa dio un grito de dolor y angustia; y entonces, desesperada al verse sola y sin ayuda frente a los tres, hizo lo que debería haber hecho en el primer momento en que el camino las condujo al pie de ese precipicio infranqueable. A pesar de que se sentía avergonzada de hacerlo, forzada hasta sus límites de resistencia, lo hizo. Gritó:

—¡Oh Señor, me siento oprimida, ven por mí! Mis miedos y temores me han asfixiado, y estoy avergonzada de mirar hacia arriba.

—¿Qué pasa, Miedosa? -resonó la voz del Pastor muy cerca de ella- ¿Qué te ocurre? Anímate y no tengas miedo.

Sus palabras (tan amables y llenas de aliento, sin una sola insinuación de reproche) hicieron que Miedosa sintiera como si se hubiera derramado en su interior un torrente de fuerza y valor, todo un manantial de fortaleza que emergía de su Presencia.

Le miró, y vio que sonreía mientras la miraba. La vergüenza de sus ojos no halló en su mirada una sola muestra de reproche; y de pronto, hicieron eco en su corazón palabras que otras almas temblorosas habían pronunciado mucho antes en situaciones similares: «Misericordioso y clemente es el Señor para los que le temen».

Mientras le miraba, la invadió un profundo sentir de agradecimiento; y la mano helada del terror que la había aprisionado y sofocado hasta entonces, se esfumó repentinamente, para dejar paso libre a un gozo inefable que irrumpió en lo más hondo de su corazón como una flor que se abre. Y una canción acudió a su mente como el torrente corre al manantial.

> *Mi amado es el escogido*
> *entre diez mil amadores;*
> *es todo él codiciable*
> *más que todos los señores.*
>
> *Es tierno de corazón,*
> *lleno de misericordia,*
> *y me dará la victoria*
> *de todos los opresores.*

—Miedosa -preguntó de nuevo el Pastor-, dime qué te sucede. ¿Por qué tienes tanto miedo?

–Es que el camino que has elegido para mí -suspiró- me parece horrible, Pastor. Es del todo impracticable: me produce vértigo y me desmayo cuando miro hacia él. Los corzos y las ciervas no tienen problemas para andar por él, pero ellos no son cojos, deformes, lisiados o cobardes como yo.

–Pero Miedosa, ¿no recuerdas lo que te prometí en el Valle de la Humillación y Sombra de Muerte? -preguntó el Pastor con una sonrisa.

Miedosa le miró muy seria; por unos momentos, la sangre encendió sus mejillas, pero después volvió a quedar tan pálida como antes.

–Dijiste… -balbuceó, pero se detuvo súbitamente, presa de un sobresalto-. ¡Oh Pastor, dijiste que me harías pies como de cierva y me llevarías a los Lugares Altos!

–Bueno -replicó él jocosamente-, pues la única manera de desarrollar pies de cierva es ir por los caminos por donde van las ciervas, como éste, por ejemplo.

Miedosa temblaba y le miraba con vergüenza.

–Pues no creo que me interese tener pies de cierva, si ello significa que debo andar por un camino como ése -dijo ella despacio y con dolor.

El Pastor era un personaje singular. En lugar de mirarla con decepción o desaprobación, volvió a sonreír y exclamó:

–Bueno, si eso es lo que deseas, así será. Te conozco mejor de lo que tú te conoces a ti misma, Miedosa. Sé que los deseas de veras, y yo te prometo que tendrás esos pies de cierva. Ciertamente, te he traído a esta parte de atrás del desierto con ese propósito; aquí, donde las montañas son particularmente escarpadas y donde no hay más caminos que las huellas que dejan los ciervos y las cabras monteses, para que tú las sigas; ésta es una promesa que debe cumplirse. Responde, ¿qué es lo que te dije la última vez que te encontré?

–Dijiste: «Ahora verás lo que yo haré» -contestó ella, y mirándole con cierto reproche añadió- Pero yo nunca soñé que harías algo como esto: llevarme hacia un precipicio infranqueable, donde nadie sino los ciervos y las cabras pueden andar; cuando sabes que yo tengo de ciervo o de cabra lo que tiene un pez. ¿Por qué me propones algo imposible, algo tan ilógico? ¡Es una locura! ¿Qué es lo próximo que vas a hacer?

El Pastor sonrió.

–A mí me encanta hacer cosas imposibles -respondió el Pastor-. No conozco nada más emocionante y deleitoso que transformar la debilidad en fortaleza, el miedo en fe, y lo que está dañado o estropeado en algo perfecto. Y si una cosa hay en la que me gozaría ahora, más que en ninguna otra, es precisamente en transformar un pececillo en una cabra montés. Éste es mi empeño y labor especial -añadió mostrando su satisfacción en el rostro.

Y continuó diciendo:

—Transformar cosas: tomar una Miedosa, por ejemplo, y transformarla en... (aquí se detuvo y continuó riendo). Bueno, ya veremos más adelante en qué ha elegido ser transformada.

La escena era sorprendente. En el lugar donde momentos antes sólo había habido temor y desesperación, ahora estaban el Pastor y Miedosa, sentados en unas rocas al borde del infranqueable precipicio, riendo juntos como si el tema de escalar la pared de roca fuera el más agradable y divertido del mundo.

—Y ahora vamos a ver, pequeño pececillo -dijo el Pastor-. ¿Crees que puedo transformarte en una cabra montés y llevarte a las alturas?

—Sí -contestó Miedosa.

—¿Me dejarás hacerlo? -insistió él.

—Sí -respondió ella-; si tu deseo es hacer algo tan imposible, ¿por qué no?

—¿Crees que permitiré que seas avergonzada al guiarte hacia arriba?

Miedosa le miró, y entonces dijo algo que nunca había querido decir antes.

—No creo que me importara mucho, con tal que fueras Tú quien lo hiciera. Cumple sólo tu voluntad y designa tu camino para mí, Pastor. Lo demás nada importa.

Mientras hablaba, sucedió algo maravilloso: en la cumbre del precipicio apareció un arco iris doble que abarcaba el precipicio entero, de tal forma que el camino zigzagueante que el ciervo y la cierva habían seguido en su ascenso a la cumbre, quedaba ahora enmarcado en brillantes colores. Era una escena tan hermosa y extraordinaria que Miedosa suspiró con deleite. Pero eso no era todo: pronto iba a maravillarse por algo más.

Pena y Contrariedad se habían alejado mientras el Pastor hablaba con ella, y estaban ahora una a cada lado del camino, donde los extremos del arco iris tocaban la tierra, de forma que uno iluminaba a Contrariedad y el otro a Pena. A la luz brillante y gloriosa de los colores del arco iris, las dos figuras cubiertas con velos aparecían tan transfiguradas y radiantes de belleza que Miedosa sólo pudo mirarlas un instante para no quedar deslumbrada. Entonces hizo lo que pocos minutos atrás le hubiera parecido imposible: se arrodilló al pie del precipicio, construyó un altar, y dejó allí su voluntad y su temor.

Cuando el fuego cayó y consumió lo que había sobre el altar, encontró entre las cenizas una piedra más grande y tosca que cualquiera de las otras, de bordes afilados, color oscuro, y aspecto poco común. La colocó en su bolsita, se levantó, y esperó a que el Pastor le mostrara qué debía hacer. En su corazón deseaba que él la acompañara en ese horrible ascenso, como la había acompañado por el desierto, pero esta vez no lo hizo. En lugar de ello, la condujo al pie del precipicio y le dijo:

–Ahora, Miedosa, has llegado por fin al pie de los Lugares Altos; vas a comenzar una nueva etapa de tu viaje y hay lecciones que debes aprender. Debo decirte que este precipicio, al cual el camino te ha llevado, está al pie de la Montaña de la Injuria. Toda esta cordillera montañosa se extiende hasta mucho más lejos en esta misma dirección, y es cada vez más y más escarpada. Hay en ella precipicios mucho más terribles aún, como el del Monte Oprobio, del Monte Odio y del Monte Persecución y otros muchos; y en ninguna parte es posible hallar un camino que conduzca a los Lugares Altos y al Reino del Amor, si no es venciendo y escalando por lo menos uno de ellos. Éste es el que yo he elegido para que tú asciendas.

Y continuó diciendo:

–En el camino hasta aquí has aprendido la lección de Aceptación-con-Gozo, que es la primera letra en el alfabeto del Amor. Ahora debes aprender la segunda: la B del alfabeto del Amor. Has llegado al pie de la Montaña Burla, y espero que en tu ascenso hasta la cumbre del precipicio descubras cuál es la próxima letra del alfabeto, y la aprendas y la practiques como has practicado la A del Amor. Recuerda que, aunque te encontrarás con otros obstáculos y deberás vencerlos, en el camino que asciende por este precipicio no hay nada imposible de superar; nada que pueda dañarte en lo más mínimo si aprendes a practicar con firmeza la segunda lección en la escalada del Amor.

Dichas estas cosas, le impuso las manos con especial solemnidad y dulzura, y la bendijo. Después llamó a Pena y Contrariedad, quienes inmediatamente se situaron al lado de Miedosa. Entonces tomó una cuerda -que estaba oculta en una grieta en la pared de roca- y con sus propias manos ató a las tres juntas, formando una cordada para que ascendieran por el precipicio. Contrariedad iba la primera, Pena la última y Miedosa en medio (así las dos que eran más fuertes y tenían sus pies sanos quedaban situadas delante y detrás de ella). De esta forma, aunque Miedosa resbalara y cayera, podrían sostenerla por medio de la cuerda.

Finalmente, metió la mano en el costado y, sacando un pequeño frasquito de un elixir reconfortante, se lo dio a Miedosa, diciéndole que bebiera un poco cada vez que sintiera vértigo o desmayo en el ascenso hacia la cumbre. La etiqueta del frasquito decía: «Espíritu de

Gracia y Confortamiento». Tan pronto como Miedosa bebió un sorbo, se sintió tan fortalecida y vivificada que estaba ya lista para acometer el ascenso sin ningún sentimiento de desmayo, aunque la sensación de terror siguiera en su corazón.

La tarde estaba ya avanzada pero, como era verano, faltaban aún dos o tres horas antes de que comenzara a oscurecer, y el Pastor les indicó que iniciaran el ascenso de inmediato, diciéndoles:

—Aunque no hay posibilidad de que alcancéis la cima antes de que caiga la noche, detrás de aquel peñasco hay una cueva que desde aquí no podéis ver. Allí podéis descansar y pasar la noche completamente seguras, pues, si os quedarais aquí abajo, vuestros enemigos podrían alcanzaros fácilmente y causaros daño. Pero no os seguirán por esta senda hacia arriba; así que, cuanto más ascendáis más fuera de su alcance estaréis; aunque no dudo -dijo con tono de advertencia- que los volveréis a encontrar cuando hayáis alcanzado la cima.

Dichas estas palabras, sonrió, les dio ánimos para la difícil empresa, y se fue. De inmediato, Contrariedad puso el pie sobre la primera roca de aquella angosta senda que zigzagueaba hasta la cumbre; Miedosa fue tras ella, y luego lo hizo Pena. En pocos minutos, las tres estaban ya en pleno ascenso.

CAPÍTULO X
Ascenso por el Precipicio
de la Injuria

Una vez iniciada la marcha, Miedosa descubrió, para su sorpresa y tranquilidad, que el camino no era tan duro ni aterrador como le había parecido desde abajo. Era empinado, difícil, resbaladizo y también bastante estrecho, pero el sentirse segura, atada a sus fuertes compañeras, la reconfortaba. También el elixir de «Espíritu de Gracia y Confortamiento» que había bebido antes de iniciar el ascenso, evitó que sintiera vértigo cada vez que miraba al borde del precipicio (que era lo que más temía). A lo largo de la primera media hora de ascenso, el arco iris seguía brillando sobre ellas; y aunque el Pastor había desaparecido ya de su vista, a Miedosa le daba la sensación de que aún seguía amoroso junto a ellas.

Miedosa evitaba a toda costa mirar hacia abajo, a no ser por pura necesidad; pero muy pronto, cuando ya llevaban un trecho, tuvo que esperar metida en un pequeño nicho de la roca, en uno de los lugares más difíciles, mientras Pena la sostenía avanzando hacia adelante y Contrariedad la esperaba en la parte de atrás. Justamente allí miró hacia abajo y se sintió ciertamente agradecida de que el Pastor les ordenara el ascenso por la tarde y no tuvieran que pasar la noche al pie del precipicio.

Sentados en las rocas estaban sus cinco enemigos, contemplando su ascenso, haciéndoles muecas de furia y desprecio. Al primero que vio fue a Auto-Compasión (que siempre parecía menos desagradable y peligroso que sus compañeros) quien, inclinándose, tomó una piedra afilada que arrojó con todas sus fuerzas hacia donde ellas estaban. Afortunadamente, se encontraban prácticamente fuera de su alcance; pero la piedra de aristas cortantes pegó justo en el peñasco debajo de ellas, y Miedosa sintió un gran alivio cuando vio que Pena tiraba suavemente de la cuerda para decirle que podía seguir ascendiendo.

Recordó la advertencia que le había hecho el Pastor de que tendría que enfrentarse de nuevo a estos enemigos cuando llegara a la cumbre. No acababa de entender cómo se las arreglarían para escalar el Monte de la Injuria, pero supuso que por algún lado habría otro camino.

Así, siguieron las tres un buen rato, escalando más y más arriba, mientras las sombras de los peñascos se iban alargando sobre el llano a medida que el sol bajaba convirtiéndose en una llamarada gloriosa que se escondía poco a poco detrás del desierto y del inmenso mar. Desde la altura donde se encontraban, podían ver con toda claridad la orilla Oeste del mar, a lo largo de la cual habían viajado últimamente.

El sendero continuaba ascendiendo, peñasco tras peñasco, y aunque el terreno era resbaladizo en algunos tramos, Miedosa se sentía muy aliviada al comprobar que ninguna parte era imposible de franquear (ni siquiera el paso a mitad del camino que Malicioso le había señalado en particular).

Al llegar allí, justo cuando caía la noche, Miedosa descubrió que, aunque era cierto que el camino quedaba cortado por un precipicio, había una pasarela colocada sobre el hueco. Una cuerda dispuesta a lo largo de ella atravesaba unos anillos de hierro clavados en las rocas que formaban una barandilla a la cual se podía agarrar mientras cruzaba tan angosto puente. El ciervo y la cierva, por supuesto, no tuvieron necesidad de usar la pasarela, y saltaron a través de la grieta como si no hubiera ninguna dificultad. Sin embargo, aun con la pasarela y la cuerda, Miedosa no las tenía todas consigo, y procuraba borrar de su imaginación el cuadro de su caída que Malicioso le había pintado. Por experiencias anteriores, y bien amargas, sabía que las escenas proyectadas en la pantalla de la imaginación son, por regla general, mucho más enervantes y dañinas que los hechos reales.

Después de que hubieron cruzado la pasarela sanas y salvas, descubrieron que estaban en una garganta muy angosta, invisible desde abajo. Justo al frente estaba el lugar de descanso del cual el Pastor les había hablado, una pequeña cueva donde deberían pasar la noche.

Con un sentimiento de alivio y gratitud, Miedosa entró y desde allí miró alrededor. Aunque le resultaba del todo imposible mirar directamente hacia abajo (a las profundidades del abismo que le causaban vértigo) sí se atrevía a mirar al horizonte, a la meseta, el desierto y el lejano mar. La luna acababa de hacer su aparición en el firmamento, derramando su luz pura y plateada sobre todas las cosas, y las primeras estrellas aparecieron como chispas en el cielo oscuro. Dentro de la cueva había algunos asientos rústicos, una mesa y algunas pieles de oveja esparcidas por el suelo, sobre las cuales se podía descansar.

No muy lejos de la entrada había una diminuta cascada de agua, y las tres fueron allí a refrescarse un poco. Entonces Contrariedad y Pena sacaron dos paquetes de pan, frutas secas y nueces, que el Pastor les había dado antes de iniciar el ascenso. Con esto pudieron calmar su apetito; después, rendidas por el cansancio, se echaron sobre las pieles y se quedaron dormidas.

Miedosa despertó al despuntar el alba y, levantándose, caminó hacia la entrada de la cueva. Con la primera luz de la mañana no alcanzó a ver más que la peligrosa escena que se extendía ante sus ojos. Hasta donde alcanzaba la vista, no había más que el precipicio, con los peñascos de roca afilada, y después el inmenso mar junto al desierto. El hermoso bosque quedaba fuera del alcance de su vista, y en toda la extensa área no alcanzó a ver ni un solo árbol, y escasamente algún arbusto. «Qué paisaje más desolador -pensó Miedosa-; y esas rocas afiladas allí abajo parecen tan crueles como si estuvieran a la espera de hacer daño y destruir cualquier cosa que caiga sobre ellas. Da la sensación de que nada puede crecer en ninguna parte de este bosque de piedra».

Pero cuando miró hacia arriba, a los peñascos que estaban sobre su cabeza, se llevó una agradable sorpresa. En una pequeña grieta de la roca, donde salpicaban algunas gotas de la cascada en su caída, había una plantita. Tenía sólo dos o tres hojas en un tallo muy frágil, casi capilar, y crecía en los ángulos de la roca. En el extremo del tallo había una flor de color rojo intenso, que brillaba como una llama de fuego con los primeros rayos del sol.

Miedosa la contempló extasiada por unos instantes (reparando en que la pared de la grieta donde estaba la aprisionaba casi por completo) y se fijó en la diminuta abertura por la cual el tallo había logrado salir al exterior para captar la luz del sol, en medio de la soledad de los alrededores. Sus raíces estaban encastradas alrededor de la roca escarpada, sus hojas apenas podían salir fuera de su prisión, y sin embargo había forzado su paso a través de la roca para sacar al exterior una hermosa flor, que brindaba su pequeña corola abierta a la luz del sol como una llama de alegría. Miedosa le preguntó:

–¿Cuál es tu nombre, pequeña florecilla? Nunca había visto otra como tú.

En ese momento el sol bañaba el rojo sangre de sus pétalos, de manera que brillaban más que nunca; entonces emitió de entre sus hojas un imperceptible suspiro, diciendo:

–Mi nombre es «Pagando el Costo», pero algunos me llaman «Perdón».

Entonces Miedosa recordó las palabras del Pastor: «En tu ascenso por el precipicio descubrirás la próxima letra del alfabeto del Amor. Comienza a practicarla de inmediato».

Contempló de nuevo a la florecilla y dijo:

–¿Por qué te llaman así?

Una vez más, un imperceptible suspiro pasó a través de las hojas, y ella pensó que la escuchaba decir:

—Fui separada de todas mis compañeras, exiliada lejos de mi hogar, traída aquí y aprisionada en esta roca. No fue mi elección, sino la acción de otros; quienes, después de dejarme caer aquí, se fueron y me dejaron para que sufriera sola los resultados de lo que ellos habían hecho.

Luego añadió:

—Me he sostenido y no he desmayado. No he cesado de amar, y el Amor me ha ayudado, empujándome a través de la grieta de la roca hasta que pude mirar directamente a mi Amor, que es el mismo sol. ¡Mira ahora!, cuando ya nada se interpone entre mi Amor y mi corazón, nada hay alrededor que pueda hacerme sombra y separar mi atención de él. Ahora él brilla sobre mí y me hace regocijar, y me ha correspondido con su Amor por todo lo que he sufrido y otros han hecho contra mí.

Y concluyó diciendo:

—No hay flor en todo el mundo más bendecida o más satisfecha que yo, porque yo le miro a él como un niño y digo: ¿A quién tengo yo en los cielos sino a Ti? Y fuera de Ti nada deseo en la tierra.

Miedosa miró aquella llamita roja que brillaba sobre su cabeza y sintió dentro de su corazón un anhelo que era casi envidia. Sabía lo que debía hacer. Arrodillándose en el angosto camino debajo de la flor aprisionada, dijo:

—Oh, mi Señor, heme aquí: yo soy Tu pequeña sierva «Pagando el Costo».

En ese momento, un fragmento de roca que aprisionaba las raíces de la flor se soltó y cayó a sus pies. Ella lo levantó, lo puso en la bolsita con las otras siete piedrecitas que tenía y regresó a la cueva. Contrariedad y Pena la estaban esperando con más pan, frutas y nueces, y después de haber dado gracias y haber comido, se ataron de nuevo con la cuerda y continuaron su marcha ascendente por el precipicio.

Al cabo de un rato llegaron a un lugar muy escarpado y resbaladizo, donde Miedosa tuvo su primera caída y se hizo una herida bastante profunda con las aristas de una roca dentada. Fue una suerte que estuviera bien sujeta a la cuerda, ya que el terror se apoderó de ella, se mareó y se desmayó. De haber estado suelta, habría perdido el equilibrio y se hubiera destrozado contra las rocas del fondo. Cuando este pensamiento vino a su mente, su terror y pánico fueron tales que se le nubló la visión y quedó en tinieblas; lo único que fue capaz de hacer fue agacharse apoyándose contra la pared de la roca y gritar a sus compañeras que se estaba desmayando y tenía miedo de caerse.

Inmediatamente, Pena, que iba delante, tensó la cuerda; Contrariedad avanzó hacia ella rodeándola de inmediato con sus brazos, y le dijo con premura:

—Toma un poco de la bebida reconfortante que el Pastor te dio.

Miedosa estaba tan mareada y asustada que, recostada en los brazos de Contrariedad, sólo alcanzó a decir jadeante:

—No sé dónde está el frasquito, no me puedo mover ni siquiera para buscarlo.

Entonces su amiga puso la mano en el pecho de Miedosa, que se estaba desmayando, sacó la medicina y vertió unas gotas entre sus labios. A los pocos instantes el color volvió a sus mejillas y el mareo fue desapareciendo, pero aún no se podía mover. Tomó otro poco del «Espíritu de Gracia y Confortamiento» y comenzó a sentirse bastante más fortalecida. Entonces Pena, que había regresado al lugar donde estaba agachada, se deslizó suavemente por la cuerda, de modo que Miedosa pudiera tomar su mano y todas comenzaron de nuevo el ascenso. Al caer, Miedosa se había cortado las rodillas de forma tal que sólo podía caminar cojeando muy dolorosamente, quejándose continuamente y parando con frecuencia. Sus compañeras eran muy pacientes, pero su progreso en el camino era tan lento que pronto se vieron en la necesidad de aumentar la velocidad de ascenso, o de otro modo no alcanzarían la cumbre del precipicio antes de que cayera la noche, y no había ninguna otra cueva donde pudieran descansar.

Finalmente, Pena se inclinó sobre ella y le preguntó:

—Miedosa, ¿qué es lo que estabas haciendo esta mañana cuando saliste temprano de la cueva y te fuiste sola por allí?

Miedosa la miró bastante seria y dijo con cara de dolor:

—Estaba mirando una flor que nunca había visto antes, y que crece en la roca, cerca de la cascada de agua.

—¿Qué flor era ésa? -preguntó Pena.

—Era la flor de «Pagando el Costo» -contestó Miedosa en voz muy baja-, pero algunos la llaman la flor del Perdón.

Después de decir esto, permaneció unos momentos silenciosa, recordando el altar que había construido y dándose cuenta de que no estaba practicando esa nueva y difícil letra del alfabeto del Amor. Entonces dijo:

—Me gustaría saber si ponerme algunas gotas de la medicina en las rodillas me podría aliviar.

—Vamos a probar -dijeron Contrariedad y Pena al unísono-; es una buena idea.

Echaron unas pocas gotas del «Espíritu de Gracia y Confortamiento» sobre sus rodillas -que cesaron de sangrar casi de inmediato- y el dolor desapareció.

Y aunque sus piernas estaban agarrotadas y aún se veía obligada a cojear un poco, pudieron seguir adelante a un paso más veloz. Al atardecer se encontraban ya en la meseta superior, y allí encontraron un bosque de pinos con musgo y frambuesas que crecían a los costados del camino; el precipicio, que les había parecido tan infranqueable, quedaba ya detrás. Se sentaron en uno de los bancos cubiertos de musgo que había para descansar, y de pronto sintieron una voz muy cercana que cantaba:

Ven conmigo desde el Líbano,
desde las cumbres de Amana,
de Senir y del Hermón,
morada de leopardos.

Prendiste mi corazón,
esposa mía del alma,
con tus ojos, que llamean,
y tu cuello de esmeralda.

Reina de mi corazón,
¡qué hermosos son tus amores!
Mejores son que el buen vino,
más suaves que las flores.

(Cantar de los Cantares 4:8-10)

Caminando hacia ellas por un claro entre los árboles, estaba el Pastor.

CAPÍTULO XI
En los Bosques del Peligro
y la Tribulación

Con cuánto gozo le dieron la bienvenida al Pastor cuando se sentó en medio de ellas y las felicitó con alegría por haber sido capaces de superar el precipicio. Puso suavemente sus manos sobre las heridas que Miedosa se había hecho al caer, y sus rodillas quedaron sanas de inmediato. Luego comenzó a hablarles sobre el camino que les quedaba por delante.

—Ahora debéis ir a través de los bosques que recubren las laderas de estas montañas casi hasta la cota de nieve. El camino será empinado, pero habrá lugares de descanso aquí y allá. Éstos son los Bosques del Peligro y la Tribulación, y a menudo los pinos crecen tan altos y tan juntos los unos con los otros, que la senda puede hacerse bastante oscura. Aquí arriba, las tormentas son muy frecuentes, pero seguid adelante sin preocuparos, recordando que nada en realidad puede dañaros si os mantenéis en el camino de mi voluntad.

Parece extraño que después de superar tantas dificultades, transitado por tantos lugares peligrosos -como el infranqueable «Precipicio de la Injuria»- escalando peñascos enormes, Miedosa tuviera que seguir ostentando todavía el nombre que la describía tal como era. Pero la triste realidad es que tan pronto como el Pastor mencionó los nombres de los bosques que tendrían que atravesar («peligro y tribulación»), comenzó nuevamente a agitarse y a temblar de miedo.

—Los Bosques del Peligro y la Tribulación... -repitió Miedosa con voz quebrada y temblor en las piernas-. ¡Oh Pastor!, ¿a dónde nos llevarás luego?

—La próxima etapa será hacia los Lugares Altos -respondió él de inmediato con una hermosa sonrisa.

—Me pregunto si podrás lograr que llegue allí algún día -se lamentó Miedosa-. Me pregunto si seguirás insistiendo conmigo o si me dejarás por imposible, pues me da la sensación de que no seré capaz de conseguir otra cosa que seguir con pies lisiados, y que Tú no podrás hacer que se transformen en pies de ciervas.

Se la notaba desconsolada y se hacía más y más evidente a medida que hablaba. En esos momentos las tres compañeras parecían más encorvadas que nunca.

–Yo no soy alguien que pueda mentir -dijo con voz grave el Pastor-. Mírame, Miedosa. ¿Crees que yo te decepcionaría? ¿Acaso he dicho hasta ahora algo que no haya cumplido, o prometido algo que no haya hecho realidad?

–Miedosa temblaba un poco, en parte por el tono grave de su voz y en parte porque todavía por naturaleza era Miedosa, y estaba tratando de imaginarse cómo serían los Bosques del Peligro y la Tribulación (algo que siempre causaba en ella efectos desastrosos); pero contestó sumisamente:

–No, yo sé que Tú no eres una persona que mienta y estoy segura de que llevarás a cabo lo que has dicho.

–Entonces, Miedosa, -dijo el Pastor, hablando de nuevo con dulzura- voy a llevarte a través del peligro y la tribulación, pero no tienes por qué abrigar ni el más mínimo temor, porque yo estaré contigo. Aunque te guíe a través del mismo Valle de la Sombra de Muerte, no tienes por qué temer, pues mi vara y mi cayado te infundirán aliento.

Y añadió a continuación:

–«Con sus plumas te cubrirá, y debajo de sus alas estarás segura; escudo y adarga es su verdad. No temerás el terror nocturno, ni saeta que vuele de día, ni pestilencia que ande en oscuridad, ni mortandad que en medio del día destruya. Caerán a tu lado mil, y diez mil a tu diestra; mas a ti no llegará» (Salmo 91:4-7).

La amabilidad y dulzura de su voz al decir esto era indescriptible. Miedosa se arrodilló a sus pies, construyó otro altar, y dijo:

–Sí, aunque ande en el Valle de Sombra de Muerte, no temeré mal alguno, porque Tú estarás conmigo.

Aunque mientras hablaba sus dientes castañeteaban unos contra otros y sus manos estaban transpirando sudor por su estado de nerviosismo, le miró al rostro y añadió:

–Porque Dios no es hombre, para que mienta, ni hijo de hombre para que se arrepienta. Él dijo ¿y no hará? Habló ¿y no lo ejecutará?

El Pastor sonrió y su semblante adquirió un aspecto mucho más reconfortante que antes; puso sus dos manos sobre la cabeza de Miedosa y dijo:

–Esfuérzate y no temas.

Luego continuó:

–Miedosa, nunca caigas en el error de tratar de imaginar con tu mente cómo será lo que ha de venir. Créeme, cuando estés en los lugares que tanto temes, encontrarás que son muy distintos a lo que podías haber imaginado, tal como te ha sucedido en el ascenso del precipicio. Debo advertirte que veo a tus enemigos allí adelante, espiando y acechando entre los árboles; y si permites a Malicioso que comience a proyectar una escena terrorífica en la pantalla de tu imaginación, caminarás agonizando con miedo y temblor, sin ningún motivo ni razón real.

Cuando hubo dicho esto, tomó otra piedra del lugar donde ella se había arrodillado y se la dio para que la guardara con sus otras piedras memoriales. Entonces se fue siguiendo su camino, y Miedosa y sus compañeras comenzaron a caminar por la senda hacia los bosques.

Casi tan pronto como alcanzaron los primeros árboles vieron la cara enfermiza de Auto-Compasión, que las miraba por detrás de uno de los troncos. Habló muy rápidamente antes de escabullirse de nuevo, gritando:

–Te aseguro, Miedosa, que éste es un asunto muy serio. Forzar a una pobre lisiada, a una criatura asustada como tú, a ir por lugares de peligro donde sólo los valientes y fuertes deberían penetrar, es realmente... bueno, quiero decir que tu Pastor se comporta de una forma más cruel que tu propio prometido el Malicioso.

Apenas hubo cesado de hablar, cuando Resentimiento sacó la cabeza fuera de su escondite y dijo malhumorado:

–No hay absolutamente ninguna razón lógica para ir por este camino, puesto que hay otro mucho mejor, que bordea todo el bosque y te lleva directamente a la cota de nieve sin correr esos peligros innecesarios. Todo el mundo va por ese camino, así que ¿por qué no puedes ir tú también? Dile que no piensas ir cruzando los bosques, Miedosa, e insiste en que te lleven por la senda más fácil. Este camino es solamente para mártires, y tú, querida mía, no encajas de ninguna manera dentro de ese tipo de personas.

En ese momento, Malicioso apareció saltando por otro camino, lanzó una mirada maliciosa a su prima y le dijo con desdén y altanería:

–Así que piensas que te vas a convertir en una pequeña heroína, ¿verdad? ¡Y confiada en ello te irás cantando a través del Bosque del Peligro! Te apuesto, Miedosa, que saldrás de él chillando y gritando enloquecida, lisiada para el resto de tu vida.

Amargura fue el siguiente en hablar, y se asomó por detrás de otro árbol para decir:

–Te advertí que te haría esto. Después de que has pasado a través de una terrible experiencia, siempre te coloca delante otra peor.

Entonces, Orgullo (que todavía seguía lastimado de su caída en el mar y parecía muy resentido por ello) dijo:

—Has de saber que él no descansará hasta que te haya sometido a una completa y total vergüenza porque -según dicen- es la forma en la que actúa para lograr en sus seguidores esa preciosa humildad que ama tanto. Te humillará hasta el polvo, Miedosa, y te hará quedar como una vil idiota delante de todo el mundo.

Miedosa y sus compañeras seguían caminando adelante sin contestarles y sin mirarles; pero Miedosa descubrió que cojeaba de una manera más acentuada y sentía más dolor cada vez que escuchaba lo que decían. Y ése era un verdadero problema, pues no sabía qué hacer: si les escuchaba, cojeaba; y si se tapaba los oídos con las manos, tenía que soltarse de la mano de sus dos guías, lo cual implicaba la posibilidad de tropezar y caer. De manera que se detuvieron por unos momentos y debatieron qué hacer. Finalmente, Contrariedad abrió un botiquín de primeros auxilios que colgaba de su cinto, tomó un poco de algodón y taponó firmemente los oídos de Miedosa. Aunque resultaba incómodo, pareció surtir el efecto deseado (por lo menos temporalmente), pues cuando los cinco maliciosos vieron que no conseguían molestarla con sus comentarios, se cansaron de gritarle y la dejaron en paz hasta otra oportunidad.

Al principio, el bosque no parecía realmente tan temible; quizá fuera porque, allí arriba, el aire de las montañas es tan limpio y fresco que hace que todo el que lo respira se sienta más sano y fuerte. Además, el sol brillaba, y Miedosa sintió una sensación que para ella era completamente nueva: un sentimiento de arrojo y casi de placer por la aventura. Estaba caminando por el Bosque del Peligro y en realidad no le importaba mucho. Esto continuó así por un tiempo, hasta que unas enormes nubes negras se amontonaron gradualmente sobre el cielo y el sol desapareció. En la distancia se oyó un trueno aparatoso y el bosque se volvió más oscuro y silencioso. De pronto, un rayo de luz atravesó el cielo, y vieron que algo delante de ellas (que les pareció un árbol del bosque) se partía en dos; y luego otro, y otro... uno tras otro sin cesar. La tormenta estaba descargando toda su furia sobre el bosque; los truenos retumbaban y los relámpagos cruzaban el cielo amenazantes cayendo en todas partes, hasta tal punto que experimentaron la sensación de que todo el bosque se quejaba y lamentaba en torno a ellas.

Lo más extraño, sin embargo, era que Miedosa -aunque sentía una sacudida a cada relámpago seguido de su correspondiente trueno- en realidad no tenía miedo. Es decir, no experimentaba ni pánico ni deseos de correr, ni tan siquiera terror, puesto que iba repitiendo constantemente: «Con sus plumas te cubrirá, y debajo de sus alas estarás seguro». Y esto hacía que, aun en medio de la tormenta, se sintiera llena de una paz maravillosa como nunca antes había sentido, y caminaba entre sus dos compañeras diciendo:

—No moriré, sino que viviré, y contaré las obras del Señor.

Finalmente la tormenta comenzó a amainar; los truenos fueron sonando cada vez más distantes, hasta que cesaron por completo y llegó la calma. Las tres mujeres se detuvieron para escurrir el agua de sus ropas, secarse el cabello y tratar de asearse un poco. Fue entonces cuando Malicioso apareció cerca de ellas y gritó a pleno pulmón:

—Escucha, Miedosa, la tormenta se ha ido de momento a las montañas, pero por poco tiempo; se está aproximando de nuevo y será peor que la anterior. Regresa mientras puedas y ponte a salvo, lejos de esos peligrosos árboles, antes de que comiencen a caer relámpagos otra vez y uno te mate. Te queda el tiempo justo para escapar.

—¡Oídme bien! -exclamó inesperadamente Miedosa, mientras el agua corría aún por su cabello y su falda empapada se pegaba alrededor de sus piernas-. No soporto seguir escuchando a este sujeto por más tiempo. ¡Por favor, ayudadme!

Y agachándose, cogió una piedra y la arrojó directamente hacia donde estaba Malicioso. Sus dos compañeras se rieron, pero se unieron a ella y entre las tres comenzaron a lanzar una verdadera lluvia de piedras contra los árboles donde los cinco las estaban espiando. En pocos momentos desaparecieron.

Entonces vieron un poco más adelante una choza que parecía ofrecer refugio seguro y protección contra la tormenta, que ciertamente se estaba acercando de nuevo. Se apresuraron hacia la choza y vieron que estaba situada en un claro del bosque, bastante alejada de los árboles; para su alegría, cuando giraron el picaporte la puerta se abrió y, llenas de gratitud, las tres se introdujeron rápidamente hacia su interior.

Haciendo gala de una buena agilidad mental, Pena cerró de inmediato la puerta y la atrancó ¡en el momento preciso! porque justo un minuto después sus enemigos comenzaron a golpear la puerta gritando:

—¡Por favor, abrid la puerta y dejadnos entrar! La tormenta está comenzando de nuevo. No podéis ser tan inhumanas como para encerraros aquí y dejarnos fuera.

Miedosa fue hacia la puerta y gritó por el agujero de la cerradura el mismo consejo que momentos antes le habían dado ellos:

—Regresad por el camino tan deprisa como podáis y alejaos de estos peligrosos árboles antes de que un rayo os caiga encima y os mate. Tenéis el tiempo justo para escapar antes de que la tormenta comience de nuevo.

Se oyó un murmurar de maldiciones y después el sonido de unos pies que se alejaban corriendo apresuradamente (al parecer, esta vez el consejo había dado resultado). La tormenta comenzó a descargar de nuevo y era mucho más fuerte que la anterior; pero ellas se encontraban a salvo -lejos de los árboles que caían partidos por los rayos- en el interior de la choza, que había sido totalmente impermeabilizada y ni una gota se filtró adentro.

Al lado de una chimenea encontraron leña, una tetera y algunas sartenes. Mientras Contrariedad se ocupaba de encender el fuego, Pena sostenía la tetera, por fuera de la ventana, bajo un chorro de agua hasta llenarla. Miedosa abrió una alacena para ver si podía encontrar algo comestible. Había en los estantes algunas vasijas, un buen surtido de comidas enlatadas, y un bote de bizcochos sin levadura. De manera que, en poco tiempo, mientras la tormenta azotaba furiosamente las paredes en el exterior, se sentaron alrededor del fuego, calentándose y secando sus ropas empapadas, tomando cacao caliente y saciando su apetito. Y aunque la tormenta lo sacudía todo -a veces incluso la choza- dentro había risas de gratitud y paz.

Miedosa descubrió que esta experiencia estaba siendo la más feliz y gratificante de su viaje. Luego se acostaron en unos colchones que habían descubierto amontonados en otra parte de la choza, y Miedosa se repetía a sí misma una y otra vez, muy suavemente: «Con sus plumas te cubrirá, y debajo de sus alas estarás seguro».

La tormenta continuó con gran violencia por dos o tres días; pero entretanto, las tres viajeras descansaban seguras bajo la protección de la choza, saliendo al exterior en los períodos de calma solamente para recoger algo de leña, que secaban frente a la chimenea (para su propio uso y para que otros que pudieran venir después encontraran también -como ellas habían encontrado- una buena provisión de leña). Había un buen surtido de comida, en latas y bizcochos, lo que les hizo pensar que de cuando en cuando, algunos de los siervos del Pastor iban a la choza para limpiarla y reponerla.

Durante esos días de quietud en medio de la tempestad, Miedosa tuvo oportunidad de conocer más personalmente a sus dos compañeras, y aprender algo más del dialecto de la montaña que ellas hablaban. De algún modo comenzó a sentir que se habían convertido en verdaderas amigas suyas, y no sólo en meras asistentes a quienes el Pastor había mandado para escoltarla.

También comprobó que su compañía se le hacía más agradable, pues había aprendido a aceptarla; de hecho, la realidad era que en su interior estaba brotando algo nuevo, algo que le hacía descubrir y sentir más hermosura y belleza en todo lo que la rodeaba. Era como si sus sentidos -de una manera extraordinaria- se fueran abriendo, capacitándola para sacar mejor partido y disfrutar con más profundidad de cada pequeño detalle de la vida; hasta el punto que, aunque sus compañeras siguieran siendo Contrariedad y Pena, ahora sentía un gozo casi inexplicable y un intenso placer en su compañía. Y este sentimiento se acentuaba cuando miraba las llamas del fuego en la chimenea; o escuchaba el sonido de la lluvia cayendo con fuerza en el exterior, resaltando el agradable sentimiento de protección del que gozaba allí dentro; o cuando a través de la ventana veía los árboles que ondulaban sus ramas contra un fondo de nubes negras o iluminadas por los rayos. También lo percibía cuando algunos días -muy temprano, antes de que rompiera el día- veía la estrella de la mañana brillando serenamente a través de un claro entre las nubes, como un punto de júbilo y esperanza durante una calma en medio de la tormenta.

Todas estas cosas parecían hablarle en el dialecto de la montaña; y, para su asombro, encontró que era un lenguaje increíblemente bello. De modo que, a veces, sus ojos se llenaban de lágrimas de puro gozo y su corazón se llenaba de éxtasis, hasta tal punto que casi le parecía demasiado fuerte para sobrellevarlo.

Una mañana -cuando la tormenta arreciaba con más fuerza que nunca- vio que Pena estaba sentada junto al fuego y cantaba en voz baja en el dialecto de las montañas, que Miedosa estaba aprendiendo y comenzaba ya a entender.

Esta es la mejor traducción que puedo dar de la canción; como el lector puede imaginar, el original era mucho más bello, tanto por su música como por las palabras:

> *¡Cuán bellos en tus sandalias*
> *son tus pies, hija de príncipe!*
> *No hay joyas que los superen,*
> *pues, de andar, se han hecho nobles.*

> *Ya no hay gacela en el monte*
> *que tus pies ahora superen;*
> *pues los ha fortalecido*
> *la misma roca que hiere.*

(Cantar de los Cantares 7:1)

–¡Eh, Pena! -exclamó Miedosa- No sabía que cantaras, o que conocieras tales canciones.

Pena le contestó serenamente:

–Ni tampoco lo sabía yo; pero en el camino hacia aquí, mientras andábamos a través del bosque, las palabras y la melodía vinieron a mi mente tal como las estoy cantando ahora.

–Me gusta -dijo Miedosa-. Me hace pensar en el tiempo cuando tenga pies de cierva. Es una canción tan reconfortante y su melodía tan bella, que me dan deseos de saltar.

Se rió mentalmente al imaginar sus pies lisiados saltando, y dijo:

–Enséñame esa canción, por favor.

Entonces Pena la cantó varias veces, hasta que Miedosa la aprendió; y después iba de un lado a otro de la choza repitiéndosela una y otra vez, tratando de imaginar cómo sería el ser como una gacela, saltando entre las montañas de peñasco en peñasco como el Pastor lo hacía. Cuando llegara el día soñado en que recibiera sus pies de cierva, se sentiría capaz de seguirle dondequiera que él fuese. Y la escena imaginada era tan hermosa que estaba impaciente por que se convirtiera en realidad.

CAPÍTULO XII
En la Niebla

Acabó por fin la tormenta, cesó el ruido entre las montañas y llegó el momento de continuar su viaje. Sin embargo, el clima había cambiado sensiblemente y, a pesar de que la tormenta había terminado, una niebla espesa lo cubría todo.

Cuando comenzaron a andar, la niebla era tan espesa que escasamente podían distinguir los árboles a uno y otro lado del angosto sendero; y cuando los distinguían, parecían fantasmagóricos e irreales. Todo el resto del bosque estaba completamente cubierto y vedado a la vista por aquella fría y pegajosa cortina de niebla. El suelo estaba extremadamente resbaladizo y lleno de lodo y, aunque el camino no era tan empinado como el anterior, al cabo de algunas horas de caminar en medio aquel silencio sobrecogedor, Miedosa descubrió, para su asombro, que echaba de menos el ruido de los truenos, de la tormenta e incluso el resquebrajarse de los árboles al caer destrozados por los rayos.

Poco a poco, también fue dándose cuenta de que -a pesar de ser tan cobarde como era- había en ella un algo, un sentimiento de emoción, que respondía mejor a las pruebas y dificultades del camino que a las circunstancias fáciles; reaccionaba mejor ante el peligro que ante la monotonía y el aburrimiento. Era cierto que, ante las situaciones de peligro, sentía todavía un estremecimiento que le sacudía todo el cuerpo; pero, sin embargo, ahora era un sentimiento estimulante, un impulso que generaba vida; y descubrió también, con asombro, que incluso el vértigo del precipicio le había sido más agradable y alentador que este lúgubre caminar a través de la niebla oscura. De alguna manera, los peligros de la tormenta habían servido para estimularla, mientras que ahora no había en el ambiente nada más que monotonía, puro abatimiento, un andar fatigoso hacia adelante día tras día, sin poder ver nada excepto aquella niebla blanca, pegajosa, que envolvía las montañas sin un solo rayo de sol que la atravesara.

Finalmente, irrumpió en ella la impaciencia:

–¿Nunca se va a acabar esta aburrida y lúgubre niebla?

Y al decir esto, una voz -que ella conocía bien- le contestó inmediatamente desde los árboles:

–No, no terminará. Tú sabes que esto va a continuar quién sabe hasta cuándo. Más arriba, en las montañas, la niebla se hace todavía más y más espesa. Esto es todo lo que puedes esperar para el resto de tu viaje.

Era la voz de uno de sus antiguos parientes. Miedosa hizo como que no la oía, pero la voz volvió a la carga:

–¿No has notado, Miedosa, que el camino por el que estás andando no asciende?, ¿que no sube hacia arriba, a las montañas, sino que se mantiene siempre al mismo nivel? Has perdido la senda que conduce hacia lo alto y estás caminando en círculos alrededor de la montaña.

Miedosa no había reparado en esto; pero, al decírselo, no pudo evitar admitir que era verdad. No ascendían en absoluto, sino que se movían alrededor de la montaña en constantes subidas y bajadas (y las bajadas parecían ser cada vez más frecuentes). ¿No sería que, en realidad, estaban descendiendo por la montaña en lugar de ir hacia arriba? La espesa niebla no permitía ver nada, y se dio cuenta de que había perdido el sentido de la orientación. Cuando les preguntó a sus compañeras qué opinaban sobre esto, de forma lacónica y cortante (asumiendo que, de entrada, no debería haber escuchado las críticas y comentarios de Pesimismo) le contestaron que estaban en el camino correcto según el Pastor les había indicado, y que ciertamente no consentirían que nadie les persuadiese para abandonarlo.

–Pero -persistió Miedosa en un tono petulante-, ¿no creéis vosotras que cabe la posibilidad de que, en medio de esta espesa niebla, nos hayamos extraviado? El Pastor dijo que el camino nos conduciría hacia arriba y, como fácilmente podéis comprobar, este camino no va hacia arriba, sino que corre alrededor de la montaña. Debe de haber una senda más directa hacia arriba, que probablemente hemos pasado de largo con la niebla.

La única respuesta de sus compañeras fue que lo mejor era seguir adelante sin escuchar ninguna sugerencia de parte de Pesimismo. Fue entonces cuando se dejó oír también con claridad la voz de Amargura:

–Lo que deberíais hacer -les dijo- es volver hacia atrás un poco y comprobar si acaso no habéis dejado a un lado la senda correcta, en lugar de empeñaros en continuar por ahí, puesto que es más que probable que estéis caminando en círculos en torno a la montaña.

Pena y Contrariedad no escucharon para nada esta sugerencia; pero, lamentablemente, Miedosa sí lo hizo, y entonces les dijo con mayor petulancia todavía:

–Creo que deberíamos considerarlo. Quizá sería mejor volver un poco para atrás y ver si hemos pasado de largo el camino correcto. Realmente, de nada sirve andar en círculos, sin ir a ninguna parte.

A esto, sus compañeras contestaron:

—Bueno; si es cierto lo que dices y vamos en círculos, tarde o temprano llegaremos de nuevo al lugar donde extraviamos el camino, y esta vez mantendremos los ojos bien abiertos para fijarnos en él (siempre y cuando exista realmente, no sólo en la imaginación malévola de Pesimismo y Amargura que, como ya sabes, son enemigos del Pastor-Rey).

—¡Pobrecita! -susurró Auto-Compasión a través de la niebla-. Es una pena que te hayan dejado bajo la custodia de dos criaturas tan obstinadas. Piensa en el tiempo precioso que estáis perdiendo para nada. Andar y andar, día tras día, sin ver nada, cuando ya deberías estar en los Lugares Altos.

Así continuaron sus parientes (sus enemigos) hablándole y susurrándole cosas a través de la niebla, que lo rodeaba y envolvía todo, dando a cada árbol el aspecto de un terrible fantasma. Por supuesto, ella no debería haberles prestado atención, pero la niebla era tan confusa y el camino tan aburrido y monótono, que algo en su corazón respondía a sus insinuaciones casi en contra de su voluntad.

Contrariedad abría la marcha, siguiendo por el camino con tenacidad a toda prueba; y Pena, tan tenaz como su hermana, vigilaba en la retaguardia; de modo que Miedosa no tenía posibilidad alguna de escabullirse y volver atrás. Pero de nuevo se dio cuenta de que cojeaba y tropezaba con más frecuencia (mucho más que en cualquier otra etapa del viaje) y andar de esta manera se le hacía muy difícil y desagradable. Era cierto que, después de cada tropezón, su conciencia la hacía reflexionar, arrepentirse con pena y disculparse ante sus compañeras; pero eso no evitaba que volviera a resbalar y caer en lo mismo. Resumiendo, fueron días desagradables en grado sumo, y la niebla, en lugar de disiparse, parecía hacerse cada vez más espesa, fría y terrible que nunca.

Finalmente, una tarde -cuando lo mejor que podía decirse sobre el progreso de su camino es que estaban arrastrándose por él con las ropas hechas jirones por las constantes caídas, llenas de barro y caladas hasta los huesos- Miedosa se decidió a cantar.

No poseía el don de una voz dulce y hermosa -como tampoco tenía una cara bonita- pero era una apasionada del canto, y si el Pastor cantaba con ella, era capaz de mantener el tono y cantar bastante bien; aunque si tenía que cantar sola, los resultados no eran tan buenos. Sin embargo, la niebla era tan espesa y pegajosa que se sentía sofocada, y sintió que debía hacer algo para levantar un poco el ánimo y apagar las voces de sus enemigos que murmuraban detrás de los árboles.

No le resultaba muy agradable pensar que sus parientes (que estaban al acecho detrás de los árboles) iban a divertirse a expensas de su voz poco afinada, pero decidió correr el riesgo de sus burlas y comentarios insultantes. «Si canto lo suficientemente alto -se dijo a sí misma- no escucharé lo que me digan». La única canción en la que pudo pensar en aquel momento era la que Pena le había enseñado en la choza, y aunque no parecía el momento más apropiado para cantarla, alzo su voz y cantó:

> *¡Cuán hermosos son tus pies*
> *calzados en tus sandalias!*
> *Princesa de mis amores*
> *a la que ama mi alma.*
>
> *Como el agua cristalina*
> *que corre por la montaña*
> *y cual gacela ligera,*
> *aplastan tus pies la caña.*
>
> *Y corres sin detenerte,*
> *pues a tus pies les da alas*
> *el amor que, fiel, profesas*
> *al Pastor que ama tu alma.*

(Cantar de los Cantares 7:1a)

Mientras cantaba, se hizo un silencio absoluto. Las voces burlonas de sus enemigos se acallaron por completo. «Es una buena idea -se dijo Miedosa llena de júbilo-. ¡Ojalá se me hubiera ocurrido antes! Es un método mucho mejor que taparme los oídos con algodones para evitar tener que escuchar las voces de mis enemigos, claro que sí. ¡Anda!, ¡pero si parece que allí, un poco más adelante, hay un claro en la niebla!, ¡qué hermoso¡ Cantaré la canción otra vez». Y así lo hizo.

–¡Eh, Miedosa! -dijo una voz alegre y cercana-. No había oído esa canción antes. ¿Dónde la aprendiste?

Acercándose hacia ella a grandes zancadas, con una sonrisa particularmente hermosa en sus labios, apareció el Pastor.

Resulta imposible describir con palabras, el gozo de Miedosa cuando le vio venir en dirección a ellas por tan lúgubre sendero de la montaña, donde -a causa de la horrible niebla, fría y pegajosa- todo había permanecido oculto durante tanto tiempo. Ahora, con su llegada, la niebla se disipó rápidamente y apareció de nuevo, por fin, el resplandor brillante del sol,

—¡Oh, Pastor! -dijo ella suspirando y agarrando su mano-. Me daba la sensación de que nunca más te iba a volver a ver.

—Dime -le dijo él afable, al tiempo que les sonreía a las tres- ¿dónde aprendiste esa canción, Miedosa ?

—Me la enseñó la hermana Pena (o Sufrimiento, llamémosla por cualquiera de sus nombres) -contestó Miedosa-. No creí que, precisamente ella, conociera ninguna canción, Pastor; pero me dijo que las palabras y la melodía vinieron a sus labios mientras atravesábamos el bosque. Le pedí que me la enseñara, y me la tuvo que repetir varias veces porque soy bastante torpe; pero me hace pensar en el día cuando Tú transformes mis pies en pies de cierva y no tenga que seguir arrastrándome nunca más.

Y al decir esto, su cara se sonrojó al ver el aspecto tan sucio y enlodado que tenía.

—Estoy contento de que la hayas cantado -dijo el Pastor, más complacido que nunca-. Creo que es una hermosa canción. De veras -añadió sonriendo-. Creo que voy a añadirle otra estrofa.

Y entonces comenzó a cantar en el mismo tono estas palabras:

> *Los contornos de tus muslos*
> *son como joyas preciadas,*
> *obra de excelente artífice,*
> *autor de las cosas creadas.*
>
> *Por eso tus pasos son,*
> *más que de reina, de ángel,*
> *que se mueve sutilmente*
> *por el palacio del alma.*

(Cantar de los Cantares 7:16)

—¡Oh, Pastor! -exclamó Miedosa-, ¿de dónde sacaste este verso, que encaja tan bien en la melodía que me enseñó Pena?

El Pastor sonrió de nuevo de una manera hermosa y respondió:

—Las palabras vinieron a mi mente hace poco, mientras te seguía a lo largo del camino.

¡Pobre Miedosa! Acababa de descubrir que la había estado siguiendo, y que había visto cómo había estado resbalando y tropezando de una manera horrible, mucho peor que en las etapas anteriores. Se puso roja de dolor y de vergüenza, pero no dijo nada; se limitó a mirarle casi con un aire de reproche.

—Miedosa -dijo él con mucha dulzura en respuesta a aquella mirada-, ¿acaso no sabes que, cuando pienso en ti, no te veo en el estado deplorable en que te encuentras ahora, sino cómo serás cuando yo te haya llevado al Reino del Amor y te haya limpiado de todas tus manchas y heridas de este largo viaje? Si cuando vengo a ti noto en tu aspecto las evidencias de haber atravesado dificultades, de resbalones y caídas, lo único que produce es hacerme pensar en cómo serás cuando puedas seguirme, saltando y brincando, a los Lugares Altos. ¿No te gustaría aprender mi canción y cantarla como la que Pena te ha enseñado?

—Sí -dijo agradecida Miedosa y, tomando de nuevo su mano, añadió-: Ciertamente la aprenderé, y cantaré acerca del sabio Maestro y de sus manos heridas, que soportan tantos dolores como los míos.

Para entonces la niebla se había disipado totalmente y el sol, que brillaba en todo su esplendor, hacía gotear los árboles y la hierba con claridad y brillantez. Las tres aceptaron agradecidas la sugerencia del Pastor de sentarse un ratito para descansar y regocijarse a la luz del sol. Pena y Contrariedad se retiraron un poco, como acostumbraban hacer cuando el Pastor estaba presente, para que hablara con Miedosa a solas. Ella le contó sus peripecias en el camino en medio de la niebla; lo que le habían estado diciendo Pesimismo, Amargura y Auto-Compasión; y acerca de sus temores de que fuera verdad que se habían extraviado del verdadero camino.

—¿Crees que yo hubiera dejado que te extraviaras del camino a los Lugares Altos, sin hacer nada por ti, ni siquiera prevenirte? -preguntó el Pastor quieta y serenamente.

Ella le miró con pena y dijo con un suspiro:

—Cuando Pesimismo y los otros me gritaban tales ideas, a punto estuve de creer cualquier cosa, por absurda que fuera.

—Si te hubieras puesto a cantar -dijo él sonriendo- no habrías escuchado las cosas que te decían. Pregunta a Pena y Contrariedad si tienen alguna otra canción para enseñarte. ¿Consideras que son buenas guías, Miedosa?

Ella le miró seria y movió la cabeza afirmativamente.

—Sí, son muy buenas. Nunca creí que me hubiera resultado posible adaptarme a ellas, Pastor; pero de alguna manera he aprendido a amarlas. Cuando las vi por primera vez parecían temibles (tan fuertes y recias) y estaba convencida de que serían rudas conmigo y me arrastrarían sin preocuparse de cómo me sentiría. ¡Cómo las temía! Pero me han tratado con mucha amabilidad. Creo que deben de haber aprendido a ser tan atentas y pacientes conmigo viendo la manera tan gentil en que tú me tratas.

–Nunca me las hubiera podido arreglar sin ellas -añadió con agradecimiento-. Y lo extraño es que tengo el presentimiento de que también ellas lo pasan bien ayudando a una fea lisiada como yo. Están deseosas de que llegue a los Lugares Altos, no tan sólo porque es el mandato que les diste, sino también porque anhelan que una cobarde como yo pueda ser transformada. ¿Sabes? Eso produce una gran diferencia en mis sentimientos hacia ellas: hace que ya no las mire con temor, sino como a amigas que desean ayudarme. Sé que parece ridículo, pero a veces tengo la sensación de que realmente me aman y que desean andar conmigo por propia voluntad.

Cuando terminó de hablar, miró al rostro del Pastor y se sorprendió al ver que estaba haciendo esfuerzos para no reírse. El Pastor no dijo nada, se dio la vuelta muy despacio, de tal forma que pudiera ver a las dos guías, y Miedosa hizo lo mismo. Estaban sentadas un poco más allá y no percibían que estaban siendo observadas. Colocadas una al lado de la otra, miraban a las montañas hacia donde estaban los Lugares Altos. Tenían los velos levantados y vueltos hacia atrás, pero a pesar de ello no podían verles la cara porque estaban de espaldas a ellos.

Miedosa estaba sorprendida por el hecho de que parecían más altas y fuertes aún que cuando las había visto por primera vez esperándola al pie de las montañas. En ese momento había en ellas algo majestuoso, casi indescriptible: una especie de tesón radiante expresado en su actitud. Estaban hablando muy rápidamente la una con la otra, pero en un tono tan bajo que Miedosa no pudo escuchar lo que decían. Pero… ¡parecía imposible: se reían! Tenía la certeza de que estaban hablando de algo que las hacía estremecer con anhelo y expectación.

El Pastor las miró por unos breves instantes sin decir palabra; después se volvió hacia a Miedosa. Sus ojos estaban sonrientes, pero dijo en tono grave:

–Sí, realmente creo que tienes razón, Miedosa. Da la impresión de que disfrutan de su tarea, y probablemente incluso sienten afecto por la persona a la cual están sirviendo.

Entonces se rió con estrépito.

Pena y Contrariedad bajaron de nuevo sus velos sobre sus caras y miraron alrededor para ver qué era lo que estaba sucediendo, pero el Pastor tenía algo más que decir antes de que las ordenara seguir adelante con el viaje. La sonrisa se desvaneció de su rostro, y preguntó muy serio:

–¿Me amas lo suficiente como para confiar totalmente en mí, Miedosa?

Ella le miró asustada (algo natural en ella siempre que sentía que la estaba preparando para pasar por una nueva prueba); entonces dijo vacilante:

–Tú sabes que te amo, Pastor, tanto como mi frío y débil corazón sea capaz. Tú sabes que te amo y que anhelo confiar en ti tanto como expresarte mi amor; que deseo ambas cosas: confiar en ti, y amarte más y mejor.

–¿Seguirías confiando en mí -preguntó él- aun cuando todo a tu alrededor pareciera probar que te estoy engañando y que lo he estado haciendo durante todo este tiempo?

Ella le miró con asombro y perplejidad.

–Pues sí -contestó-. Estoy segura de que confiaría en ti, porque una cosa sé con certeza: que es imposible que mientas. Sé que a menudo estoy demasiado asustada ante las cosas que me ordenas hacer (añadió con cierta vergüenza, disculpándose), pero nunca podría dudar de Ti en lo referente a lo que prometes. En todo caso, es de mí misma de quien dudo y a quien temo, no a ti; y si todo el mundo me dijera que me has engañado, sabría que esto es imposible.

–¡Oh, Pastor! -imploró-, no me digas que en realidad crees que dudo de ti. Aun cuando estoy asustada, acobardada y débil, sabes que confío en ti. Sé que al final podré decir que tu gentileza me ha engrandecido.

Por unos momentos él no dijo nada, sólo la miró con ternura, casi con lástima. Ella permanecía agachada a sus pies. Entonces, al cabo de un rato le dijo de forma muy quieta y reposada:

–Miedosa, supón que en realidad yo te haya engañado; entonces ¿qué pasaría?

Ella se quedó en silencio, tratando de meditar en este imposible y de poder dar una respuesta: «¿Qué pasaría? ¿Sucedería que nunca más podría confiar en él o que no podría amarle otra vez? ¿Tendría que vivir en un mundo donde no hubiera Pastor, quedándole de él sólo el recuerdo, el espejo roto de un sueño hermoso? ¿Ser engañada por quien estaba segura de que nunca podría engañarle? ¿Perderle a él para siempre? »

De pronto explotó en un mar de lágrimas; y entonces, después de sollozar un buen rato, miró directamente hacia su rostro y le dijo:

–Mi Señor: si Tú puedes y quieres engañarme, hazlo. Para mí no habrá ninguna diferencia. Debo amarte en tanto continúe mi existencia. No puedo vivir sin amarte.

Él le puso las manos sobre la cabeza -con el toque más tierno y gentil que ella hubiera sentido jamás- y pensó para sí: «¡Si hasta este extremo llega tu confianza, poco más puedo exigirte!». Entonces, sin decir palabra, se dio la vuelta y se fue.

Miedosa levantó del suelo una pequeña piedra (muy fría) que él había pisado y la puso en su bolsita. Entonces, temblando, se juntó de nuevo con Contrariedad y Pena, dispuesta a continuar su viaje.

CAPÍTULO XIII
En el Valle de la Pérdida

La niebla se había disipado entre las montañas y el sol brillaba con fuerza; como resultado, el camino parecía mucho más fácil y placentero que antes. El sendero seguía por la ladera de la montaña en sentido ascendente; pero un día, al dar la vuelta a un recodo, descubrieron que de repente comenzaba a descender hacia un profundo valle, prácticamente al mismo lugar donde habían comenzado el viaje.

Se detuvieron, y las tres se miraron entre sí; luego miraron hacia abajo, al valle, y después a los picos de las montañas al otro lado del valle. El ascenso por allí era todavía más difícil y escarpado que por el Precipicio de la Injuria; y además, descender y ascender nuevamente no tan sólo les exigiría un enorme esfuerzo físico, sino que les tomaría también mucho tiempo.

Miedosa, al darse cuenta de la situación, experimentó la prueba más dura de todo el viaje. ¿Tendría que abandonar por fin la empresa y quedar mucho peor de lo que estaba antes? Llevaban un buen trecho ascendiendo, y sólo con que el camino que venían siguiendo hubiera continuado hacia arriba un poco más, muy pronto hubieran llegado a la cota de nieve de los Lugares Altos, donde ya no les podrían seguir sus enemigos y donde había abundantes manantiales de aguas salutíferas.

Pero en lugar de eso, el camino les llevaba ahora de nuevo hacia abajo, hacia un valle tan profundo como el mismo Valle de la Humillación y Sombra de Muerte. Toda la altura que habían ganado en su ascensión (tan larga y fatigosa) había sido tiempo perdido, pues una vez en el valle tendrían que comenzar a ascender de nuevo partiendo de cero, como si nunca hubieran comenzado el viaje y como si no hubieran atravesado ya todo tipo de pruebas y dificultades. Cuando miró hacia abajo, a las profundidades del valle, su corazón quedó aturdido.

Por primera vez en todo el viaje, se preguntaba si, después de todo, sus parientes no tendrían razón y si no habría sido mejor haber renunciado a seguir al Pastor. ¿Cómo podía seguir a una persona que le pedía tanto y le exigía cosas tan imposibles? Si bajaba a ese valle para continuar luego a los Lugares Altos, todo el esfuerzo realizado hasta entonces habría sido en vano. La promesa no estaría más cercana que cuando él se la hizo por primera vez en el Valle de la Humillación y Sombra de Muerte.

Por unos instantes oscuros y tenebrosos, consideró seriamente la posibilidad de abandonar -de dejar de seguir al Pastor- y regresar. No había una sola razón lógica para seguir adelante, y sentía que nada la compelía a hacerlo. Ésa no era la manera ni ése era el camino que por ley natural hubiera deseado o escogido; por tanto se sentía libre para adoptar sus propias decisiones y hacer su propia elección, y con ello acabar de una vez por todas con su pena y sufrimiento, planeando su vida a su manera, en la forma que más le gustara (por supuesto, sin el Pastor).

Pero al pensar esto, le dio la sensación de que se estaba abocando a un abismo de horror, a una existencia sin Pastor al cual seguir, en el cual confiar o al cual amar. Y le pareció que miraba directamente a las profundidades más oscuras, al mismísimo infierno. Finalmente, gritó con todas sus fuerzas:

—¡Pastor, Pastor, ayúdame! ¿Dónde estás?, ¡No me dejes!

Y un instante después, estaba ya recostada en su regazo, temblando de pies a cabeza y sollozando desconsolada.

—Puedes hacerme cualquier cosa, Pastor; puedes pedirme cualquier cosa; pero no me hagas retroceder, no me hagas eso. ¡Oh, mi Señor, no me dejes! Te ruego que no me permitas dejarte, ni dejar de seguirte.

Y, mientras continuaba recostada en él, dijo entre sollozos:

—Mi Señor, si quieres engañarme en lo que respecta a tu promesa y los pies de cierva, o mi nuevo nombre, o cualquier otra cosa, puedes hacerlo si quieres; pero no me dejes, no me abandones. No permitas que nada me haga volver atrás. Este camino me parece tan absurdo y equivocado que no puedo creer que sea el correcto.

Miedosa lloró amargamente. Entonces él la levantó, sosteniéndola por el brazo, enjugó las lágrimas de sus mejillas con sus propias manos, y le dijo con su fuerte voz:

—No hay ninguna posibilidad de que te vuelvas atrás, Miedosa. Ninguna posibilidad: ni siquiera tu acobardado corazón te podría arrebatar de mi mano. ¿No recuerdas lo que te dije antes? Esta demora no es para muerte, sino para la gloria de Dios. ¿Acaso has olvidado esta lección que tan bien habías aprendido? Ten la certeza de que lo que yo hago, tú no lo comprendes ahora, mas lo entenderás después. Mis ovejas oyen mi voz y me siguen. Para ti, este camino es el más acertado y más seguro, aun cuando ahora te parezca errado. Y te doy otra promesa: Tus oídos oirán palabra a tus espaldas diciendo: «Éste es el camino, andad por él», cuando te desvíes a la derecha o a la izquierda.

Hizo una pausa. Ella seguía recostada sin hablar, aunque con un sentimiento de alivio y agradecimiento de estar en su presencia. El Pastor continuó:

–¿Eres capaz de soportar también esta prueba, Miedosa? ¿Estás dispuesta a sufrir la pérdida de todo lo que has avanzado en este viaje hacia los Lugares Altos? ¿A dirigirte hacia abajo por este camino de perdón hacia el Valle de la Pérdida, solamente porque es el camino que yo he elegido para ti, y a continuar amándome aún y confiando en mí?

Ella seguía pegada a él y repetía de corazón las palabras de otra mujer que, muchos años antes, había sido también probada de un modo semejante:

–No me ruegues que te deje y me aparte de ti; porque a dondequiera que tú fueres, iré yo, y dondequiera que vivieres, viviré. Tu pueblo será mi pueblo, y tu Dios, mi Dios.

Hizo una pausa, balbuceó por un momento, y continuó con un suspiro:

–«Donde tú murieres, moriré yo, y allí seré sepultada: así me haga Yahvé, y aún me añada, que sólo la muerte hará separación entre nosotras dos» (Rut 1:16-17).

Edificó otro altar en la parte más alta del camino -allí donde iniciaba su descenso al Valle de la Pérdida- y añadió otra piedrecita a las que ya había en la bolsita que aún llevaba con ella. Después comenzaron el viaje de descenso y, a medida que caminaban, ella oyó que sus dos guías cantaban suavemente:

> *¿Dónde se ha ido tu amado,*
> *hermosa entre las mujeres?*
> *¿Dónde crees que ha marchado*
> *y contigo lo buscaremos?*

El Pastor cantó la siguiente estrofa:

> *Está en el huerto de aromas,*
> *el huerto de las especias,*
> *porque ama mucho la mirra*
> *del corazón que a él se entrega.*

Entonces Miedosa cantó las dos últimas estrofas con el corazón lleno de tanto gozo que incluso su voz -un poco ronca y desafinada- parecía haber cambiado y sonaba tan dulce como las otras:

También quiero ir allí,
a ver si brota el granado,
y si los frutos que espera
mi Amado de mí ha logrado.

Pues que yo soy de mi Amado
y tan sólo mío es él;
se pasea entre los lirios,
y yo quiero serle fiel.

(Cantar de los Cantares 6:3)

Teniendo en cuenta lo escarpado del camino, el descenso hacia el valle les pareció sorprendentemente fácil (quizás porque Miedosa deseaba, con todo su ser, hacerlo de forma que satisficiera y agradara al Pastor). El horror de contemplar el abismo de plantearse una existencia sin él, la había asustado tanto y había herido de tal modo su corazón, que le pareció que ya nunca más podría ser la misma. Sin embargo, le había abierto los ojos al hecho de que muy adentro, en las profundidades más recónditas de su propio corazón, tenía un deseo apasionado, no por las cosas que el Pastor le había prometido, sino por él mismo. Todo lo que deseaba era que le permitiera seguirle para siempre.

Sin duda, en la superficie de su naturaleza podrían surgir otros deseos distintos (que probablemente la presionarían intensamente y con mucha fuerza); pero sabía también que, en lo más íntimo de su ser, estaba ya tan modelada a su imagen y semejanza, que ya nada lograría satisfacer su corazón fuera de él mismo. «No me importa nada más -se dijo a sí misma- fuera de amarle y hacer lo que él me diga. No sé por qué tiene que ser así, pero lo es. Es cierto que en amarle hay pena y sufrimiento, pero es tan hermoso amarle a pesar de ello que, si cesara de hacerlo, cesaría también de existir». Y con esos pensamientos en mente -como antes decía- llegaron al valle muy rápidamente.

Otra cosa que les sorprendió fue que -aun cuando al principio el valle les pareció una especie de prisión después de haber estado respirando el aire nítido y fortificante de las cumbres- pronto descubrieron que era un maravilloso remanso de paz, verde y hermoso, con flores que cubrían los campos y las orillas del río que corría quietamente a través de él.

Allí, en el Valle de la Pérdida, Miedosa se sintió más relajada, con mayor paz y contentamiento que en cualquier otro lugar de su viaje. Además, parecía que sus dos compañeras experimentaban una extraña transformación. Seguían sosteniendo sus manos, pero no había ya en el contacto ni Pena ni Contrariedad. Más bien era como si caminaran juntas por pura amistad, como si se agarraran de la mano simplemente por amor y por el gozo de estar juntas.

Además, a menudo las dos cantaban juntas en un idioma distinto al que Miedosa había aprendido de ellas; pero cuando les preguntaba el significado de las palabras, se limitaban a sonreír y a menear la cabeza. Ésta es una de las muchas canciones que las tres cantaban en el Valle de la Pérdida (otra más de la colección perteneciente al antiguo libro de canciones que Miedosa amaba tanto):

> *Pues que yo soy de mi amado,*
> *es mi ferviente deseo*
> *el andar siempre a su lado;*
> *pero aún es mayor mi anhelo*
> *de que su gran hermosura*
> *pueda verse en mí brillar;*
> *y que su tierna dulzura*
> *pueda yo siempre imitar.*

> *Y así será cuando él*
> *haya bien de mí podado*
> *todo retoño del «Yo»*
> *corrupto y acobardado.*

> *Ven, amado, y vámonos*
> *al huerto de los aromas;*
> *y pódame sin piedad,*
> *por las pruebas que en mí pongas,*
> *los defectos que me afean;*
> *para que las tiernas flores,*
> *brotadas del corazón,*
> *vengan a ser dulces frutos*
> *de fe, de amor y de acción,*
> *que a ti solo glorifiquen*
> *hoy y por la eternidad.*
> *Corta y rompe cuanto quieras*
> *con tal te pueda agradar.*

(Cantar de los Cantares 7:10-13)

Es cierto que cuando Miedosa miró a las montañas al otro lado del valle, se preguntó cómo se las arreglarían para ascender por ellas;

pero estaba contenta de esperar confiadamente y de andar por el valle cuanto tiempo quisiera el Pastor.

Había algo que la reconfortaba en particular: después de las muchas dificultades superadas (resbalones y tropezones sufridos en su ascenso a las montañas, donde se había caído y lastimado tan dolorosamente), comprobó que en aquellos prados verdes, llanos y tranquilos, podía caminar sin tropezar y no sentía el más mínimo dolor en las heridas y cicatrices. Esto era algo que le parecía un tanto extraño (dado que se encontraba en el Valle de la Pérdida).

También estaba aparentemente más lejos de los Lugares Altos que en cualquier otro momento. Cierto día, le preguntó acerca de esto al Pastor (puesto que lo más hermoso de todo era que, en ese lugar, el Pastor caminaba muy a menudo a su lado y les decía, con una dulce sonrisa en los labios, que ése valle era uno de sus parajes favoritos). En respuesta a la pregunta sobre por qué no sentía ya dolor, el Pastor le contestó:

—Me alegro de que estés aprendiendo a apreciar la hermosura del valle, pero fue el altar que construiste allá arriba, Miedosa, lo que ha hecho que las cosas se te hicieran mucho más fáciles.

Esta respuesta la dejó más bien confusa, por lo que insistió:

—Sin embargo, después de edificar los otros altares que Tú me ordenaste construir en otros lugares, por regla general el camino se hizo más difícil.

Él sonrió de nuevo y se limitó a indicarle que, con respecto a los altares, lo importante era que éstos hacían posibles de imposibles, y que era bueno que en esta ocasión le hubiera traído paz en lugar de lucha. Miedosa se dio cuenta de que el Pastor, mientras hablaba -a pesar de la suavidad encantadora que había en su mirada- la miraba fijamente y de una manera un tanto extraña que ya había notado en alguna otra ocasión, pero que todavía no entendía. Pensó que su mirada encerraba una mezcla de dos cosas: de lástima, no; ésa no era una mirada de lástima; sino más bien una mirada de maravillosa compasión junto con una mirada de resuelta determinación.

Cuando se dio cuenta de ello, pensó en las palabras que uno de los siervos del Pastor le había dicho allá, en el Valle de Humillación y Sombra de Muerte, antes de que el Pastor la llamara a los Lugares Altos. Le había dicho: «Amar es maravilloso; pero no deja de ser terrible el hecho de que el verdadero amor no quiere ver nada indigno en el ser amado».

Cuando recordó esto, Miedosa pensó con un débil temblor en su corazón: «Él nunca quedará contento hasta que haga de mí lo que ha determinado que yo sea». Y como ella todavía era «Miedosa» (y aún no estaba lista para cambiar de nombre) añadió con cierta angustia y temor:

—Me pregunto qué será lo que planea hacer próximamente, y si será muy doloroso.

CAPÍTULO XIV
El lugar de la Unción

Y ciertamente, lo próximo que el Pastor planeaba era muy hermoso. Poco después de su última conversación con el Pastor, el sendero llegaba al final del valle y terminaba justo al pie de las montañas del otro lado, que se elevaban en vertical con una pared de piedra mucho más alta y escarpada que el Precipicio de la Injuria.

Cuando Miedosa y sus dos compañeras llegaron, encontraron al Pastor esperándolas junto a una pequeña choza y, ¡oh, sorpresa!, justo donde los peñascos eran más escarpados e imposibles de franquear, había una especie de teleférico: un cable suspendido en el aire, que se elevaba frente a la pared de roca hasta la cima. Del cable colgaban unas sillas, con capacidad para dos personas, que un mecanismo elevaba hasta la cumbre sin ningún esfuerzo por parte de los pasajeros. Al principio, Miedosa sintió vértigo y pánico al ver las sillas (aparentemente tan frágiles) colgando en el vacío. Le daba la sensación de que nunca sería capaz, voluntariamente, de sentarse allí y columpiarse colgada de un cable sobre tan terrible precipicio, tan sólo con un punto de anclaje arriba y nada que la protegiera en caso de caída.

Sin embargo, este sentimiento desapareció casi de inmediato, cuando el Pastor sonrió y le dijo:

—Ven, Miedosa, vamos a sentarnos juntos en la primera silla, y Pena y Contrariedad nos seguirán en la siguiente. Todo lo que tienes que hacer es confiar en que la silla te llevará con total seguridad al lugar donde yo deseo que vayas, sin ningún esfuerzo de tu parte.

Miedosa se sentó en uno de los dos asientos y el Pastor se sentó a su lado, mientras sus compañeras ocupaban la siguiente silla. En un minuto estaban ya balanceándose suavemente sobre el precipicio y contemplando los Lugares Altos, que tan imposibles de alcanzar les habían parecido. Suspendidos por completo desde arriba, subían sin hacer otra cosa que descansar y disfrutar del maravilloso paisaje que tenían ante sus ojos.

Aunque las sillas se balanceaban, no notaba ninguna sensación de vértigo o de mareo, sino que proseguía feliz su ascenso hasta que, por debajo, el valle se convirtió en una lejana alfombra verde y los picos blancos y brillantes del Reino del Amor comenzaron a rodearles como altas torres. Pronto se encontraron a bastante más altura que la de la cota que habían alcanzado en las montañas del lado opuesto.

Cuando finalmente bajaron de las sillas del teleférico, estaban en un lugar mucho más bello que todo lo que Miedosa había visto hasta entonces (pues, aunque no estaban realmente en los Lugares Altos del Reino del Amor, habían alcanzado la línea limítrofe con ellos). Todo a su alrededor eran montañas con praderas llenas de flores. Había por todas partes arroyuelos que corrían y salpicaban las numerosas flores rojas, violetas, amarillas y rosadas, que tapizaban el suelo. Delicadas florecillas púrpura crecían formando racimos, y por todo el prado, brillando como gemas, había hermosas gencianas, más azules que el cielo, esparcidas cual joyas en un vestido real.

Más arriba estaban los picos de nieve inmaculada, que recortaban su blanquísima silueta sobre un cielo despejado, azul como un techo de zafiro y turquesa. El sol brillaba tan radiante que casi parecía que las flores empujaban sus corolas hacia arriba y se abrían para recibir la gloria de sus rayos. Procedentes de todas direcciones se escuchaban los cencerros de vacas y corderos, y multitudes de pájaros llenaban el aire con sus melodías; pero, por encima de cualquier otra cosa, la voz predominante era el estruendo de una poderosa cascada que se precipitaba hacia abajo sobre los peñascos, y cuyas aguas provenían de las nieves de los Lugares Altos.

La belleza del lugar era tan indescriptible que ni Miedosa ni sus compañeras fueron capaces de pronunciar una sola palabra; se quedaron mudas, quietas, respirando profundamente y llenando sus pulmones con el aire perfumado de la montaña.

Mientras caminaban, se agachaban de vez en cuando para tocar delicadamente las flores, que les parecían joyas, o para humedecer sus dedos en los arroyuelos saltarines. A veces se detenían con el solo propósito de contemplar la belleza que les rodeaba y se reían de puro gozo. El Pastor las guiaba hacia la cascada a través de las praderas, en las que crecía abundantemente una hierba perfumada.

Cuando llegaron a los peñascos cercanos a la cascada, el lugar tenía sombras fresquísimas y el agua pulverizada resbalaba suavemente sobre sus rostros. El Pastor las invitó a contemplar el espectáculo natural. Allí estaba Miedosa, con su figura frágil y diminuta, de pie sobre un enorme peñasco, contemplando extasiada el enorme torrente de aguas que caían directamente desde los Lugares Altos. Pensó que nunca antes había visto algo tan majestuoso ni tan tremendamente bello. La altura del pico rocoso sobre el cual rompían las aguas para derramarse luego en partículas multicolores sobre las rocas de más abajo, era un espectáculo tan impresionante que la tenía fascinada. Allí donde estaban, al pie mismo del salto, la voz estruendosa de las aguas era casi ensordecedora, pero a la vez llena de significado, de algo grande y temible, más allá de toda expresión.

Y a medida que escuchaba, Miedosa se iba dando cuenta de su majestuosa armonía; era como una enorme orquesta tocando el tema principal que todos los pequeños arroyuelos les habían anticipando allá a lo lejos, en el Valle de la Humillación y Sombra de Muerte. Aquí, el tema era cantado por miles de miles de voces, pero aunque entonada con grandiosa armonía, la canción era la misma.

LA CANCIÓN DEL AGUA

> *¡Oh, ven, ven, vamos corriendo*
> *más abajo, noche y día!*
> *¡Qué gozo es bajar, bajar...*
> *humillarse cada día!*

—Miedosa -le dijo el Pastor susurrándole al oído-, ¿qué piensas de este gran salto de agua y de cómo el agua se derrama a sí misma?

Ella tembló un poco y contestó:

—Creo que es un espectáculo hermoso y terrible a la vez, más allá de todo lo que había visto.

—¿Por qué terrible? -preguntó él.

—El enorme salto que tiene que hacer el agua, la temible altura de la cual tiene que caer estrellándose sobre las rocas para derramarse luego hacia abajo, hacia las profundidades, es algo terrible. Me cuesta contemplarlo, casi no lo puedo resistir.

—Mira más de cerca -le dijo-. Deja que tu ojo siga tan sólo una parte del agua, desde el momento cuando salta sobre el borde hasta que toca el suelo.

Miedosa lo hizo, y quedó boquiabierta y maravillada cuando vio que, al llegar al borde, las aguas parecían tener alas, que saltaban vivas y gozosas, absolutamente abandonadas al éxtasis de derramarse; tanto, que casi podía suponerse que estaba mirando a una hueste de ángeles flotando en alas del arco iris y cantando con arrobamiento en su caída.

Ella miró una y otra vez, y entonces dijo:

—Es un movimiento extremadamente bello, puesto que significa derramarse uno a sí mismo en un abandono total, en un éxtasis y gozo indescriptible.

—Sí -contestó el Pastor con voz vibrante de gozo y acción de gracias-. Me alegro de que te hayas dado cuenta de ello, Miedosa. Este es el Salto del Amor, que fluye desde los Lugares Altos del Reino de más arriba. Te encontrarás con esas aguas nuevamente. Dime, ¿por qué te da la sensación de que el gozo del agua se quiebre cuando rompe en las rocas allá abajo?

Miedosa miró de nuevo a donde él le señalaba, y se dio cuenta de que cuanto más bajo caía el agua, más parecía crecer y elevarse luminosa como si tuviera alas.

Cuando llegaba a las rocas inferiores, fluía toda junta en una gloriosa hueste, formando remolinos exuberantes que giraban de forma triunfal alrededor y por encima de las rocas. Después, con una risa sonora, se apresuraba a caer más y más abajo formando un torrente a través de las praderas hasta el siguiente precipicio, y desde allí se lanzaba de nuevo hacia otros valles lejanos.

Parecía como si el agua, en lugar de sufrir al caer sobre las rocas, viera en cada obstáculo del lecho del torrente una nueva oportunidad para abrirse paso, para abrir un nuevo camino. Por todas partes se oía el rugir del agua, como si estuviera riendo por doquier en un triunfante grito de júbilo.

—A simple vista -dijo el Pastor- el salto del agua al precipicio te puede dar la impresión de algo terrible; pero, como puedes ver, el agua no experimenta ningún terror por ello, ni siquiera por un momento; todo lo contrario, más bien experimenta un gozo indecible y lleno de gloria, porque es su movimiento natural. El arrojarse y lanzarse al vacío es su vida. Sólo tiene un deseo: el de ir más y más abajo para derramarse sin reservas de ninguna clase. Puedes ver que los obstáculos más temibles en su camino le resultan totalmente franqueables, y lo que hacen es añadir gozo y gloria a todo el movimiento.

Después de decirles esto, las guió de nuevo a los prados soleados, y les dijo amablemente que durante los próximos días lo mejor sería que descansaran, a fin de prepararse para la última etapa de su viaje.

Al escuchar estas palabras: «La última etapa de su viaje», Miedosa sintió un estremecimiento de gozo en todo su cuerpo. Además, el Pastor se quedaría allí con ellas todo el tiempo. No se apartaría de allí ni por una sola hora, sino que caminaría y hablaría con ellas.

Durante estos días que pasaron descansando, les enseñó muchas cosas acerca del Reino hacia el cual se encaminaban. La gracia surgía de sus labios a medida que hablaba, y el perfume del prado y de las flores se difundía por dondequiera que iba.

¡Cuán agradecida estaba Miedosa! Y lo estaría para el resto de su vida. Tan feliz estaba, que ya no se hubiera preocupado más por alcanzar los Lugares Altos, de no haber sido porque todavía tenía sus pies lisiados, una boca torcida y un corazón temeroso.

Sin embargo, en los límites de los Lugares Altos no siempre brillaba el sol. Había días de niebla en los que los picos brillantes desaparecían del horizonte tras una cortina de nubes, de tal modo que -si alguien no hubiera sabido de antemano que estaban allí- nunca hubiera llegado a imaginar que detrás de aquella capa de nubes grises había unos maravillosos picos blancos que se recortaban contra un cielo azul.

Sin embargo, aun en los días nublados, de cuando en cuando se producía un desgarrón en la cortina de niebla, y entonces -como enmarcado en una ventana abierta sobre el cielo- aparecía el blanco deslumbrador de las nieves perpetuas. Durante breves instantes, uno de los picos lejanos brillaba a través de una abertura en la niebla, como queriendo decir: «Tened ánimo; estamos aquí, aunque no podáis vernos». Entonces la niebla lo envolvía todo nuevamente y la ventana en el cielo se volvía a cerrar.

Fue en una de esas ocasiones cuando el Pastor le dijo a Miedosa:

—Cuando reemprendas tu viaje, es probable que haya niebla y nubes; tantas, que hasta es posible que te dé la sensación de que todo lo que has visto aquí, en los límites de los Lugares Altos, no es más que un sueño o el mero producto de tu imaginación. Recuerda que no es así, pues has visto la realidad; y, por el contrario, lo que sí es una ilusión es la niebla que parece tragarse todo lo demás. Cree firmemente en lo que has visto. Aun cuando el camino hacia los Lugares Altos te parezca oscuro y dudes de si estarás siguiendo la senda correcta, recuerda la promesa: «Tus oídos oirán a tus espaldas palabra que diga: Éste es el camino, andad por él; y no tuerzas a la izquierda ni a la derecha». Andad siempre hacia adelante a lo largo de todo el camino de la obediencia tanto como sepáis, hasta que yo intervenga (aun cuando os parezca que estáis siendo guiadas por donde más teméis y por donde supondríais que yo nunca sería capaz de enviaros).

Y continuó diciendo:

—Recuerda, Miedosa, lo que has visto en las alturas antes de que descendiera la niebla. Nunca dudes de que los Lugares Altos están allí, formando un techo sobre ti; y puedes estar segura de que, pase lo que pase, yo te llevaré puntualmente al lugar donde te he prometido.

Cuando terminó de hablar, se hizo otra abertura en la cortina de niebla, de modo que uno de los picos de los Lugares Altos destacaba en medio del cielo azul, brillando majestuosamente frente a sus ojos.

Antes de que la cortina de niebla se cerrara otra vez, Miedosa se agachó y recogió algunas gencianas que crecían a sus pies, como un recuerdo de lo que había visto, diciendo para sí: «Estas florecillas crecen actualmente en los declives más bajos de los Lugares Altos y son una señal segura de que, aunque los picos sean a veces invisibles temporalmente, están allí y continúan estando todo el tiempo».

El último día que pasaron en ese lugar, el Pastor hizo algo ciertamente maravilloso. Tomó a Miedosa aparte y la llevó a la cima de uno de los Lugares Altos, en el mismo Reino del Amor: a un pico muy alto, de un blanco deslumbrante, que se alzaba como un gran trono en medio de otros picos agrupados a su alrededor.

Allí arriba, en la cumbre de la montaña, Él se transfiguró delante de ella en la figura de un Rey. Entonces Miedosa pudo comprobar con sus propios ojos lo que ya había presentido todo el tiempo: que él no era un simple pastor, sino el Rey del Reino del Amor. Lo vio vestido con una vestidura blanca, radiante de fulgor y pureza; y sobre ella una túnica púrpura, azul y escarlata, adornada con tachones de oro y preciosas gemas. En su cabeza llevaba la corona real; pero cuando Miedosa se inclinó y se arrodilló a sus pies para adorarle, vio que su rostro era exactamente el del Pastor (a quien tanto amaba y había seguido desde los valles hasta los Lugares Altos). Sus ojos eran los mismos: seguían llenos de amor y ternura, pero también de fortaleza, poder y autoridad.

Alargando su mano, sin decir ni una palabra, Él la levantó y la condujo a un lugar -en la parte más alta del pináculo- desde donde podían mirar alrededor, al reino que les circundaba. Allí, a su lado, inmensamente feliz (aunque un poco aturdida ante tantas maravillas), Miedosa contempló el Reino del Amor. Lejos, muy lejos, allá abajo, estaban los valles y las planicies; el gran mar y el desierto. Le pareció distinguir a lo lejos el Valle de la Humillación y Sombra de Muerte, donde había vivido por tan largo tiempo y donde había conocido y aprendido por vez primera del Pastor; pero de eso hacía ya tanto tiempo que era como recordar otra existencia.

A su alrededor, y en todas las direcciones, estaban los picos nevados de los Lugares Altos. Pudo ver que las bases de estas montañas eran extremadamente empinadas y estaban recubiertas de bosques.

Dondequiera que miraba, en esa estación del año las laderas estaban cubiertas de flores blancas en cuyos pétalos, casi transparentes, el sol brillaba haciéndolas lucir de un blanco refulgente.

En el corazón de cada flor había una corona de un tono dorado. Estas huestes de flores blanquísimas perfumaban los declives de los Lugares Altos con un perfume tan exquisito y dulce que nadie lo había aspirado antes. Todas tenían sus corolas en dirección hacia abajo de las montañas, como si estuvieran mirando a los valles. Había tanta multitud de ellas que eran incontables, como una «gran nube de testigos», todas inclinándose para mirar lo que sucedía en el mundo allí abajo.

Por donde pasaba el Rey y sus acompañantes, estas flores blancas se inclinaban debajo de sus pies y se volvían a levantar, abiertas e inmaculadas, pero exhalando un perfume aún más rico y delicado que antes

En el extremo del pináculo al que la había llevado había un altar de oro puro que, a la luz del sol, brillaba con tal esplendor que Miedosa no pudo mirarlo, sino que tuvo que apartar sus ojos de él rápidamente; aunque percibió que había en él un fuego ardiendo y una nube de humo perfumado como incienso.

Entonces el Rey le dijo que se arrodillara. Con unas tenazas agarró un trozo de carbón encendido del altar y, tocándola con él, le dijo:

—«He aquí que esto tocó tus labios y es quitada tu culpa, y limpio tu pecado» (Isaías 6:7).

A Miedosa le pareció que una llama de fuego (hermosa y terrible a la vez) traspasaba todo su ser. Entonces perdió el conocimiento y no recordó nada más.

Cuando volvió en sí, comprobó que el Pastor la llevaba en brazos, de regreso a los peñascos inferiores donde estaba la frontera. Las vestiduras reales y la corona habían desaparecido, pero permanecía en él la expresión de su rostro y la mirada de supremo poder y autoridad. Sobre ellos se alzaban nítidos los altos picos, mientras que más hacia abajo todo estaba envuelto en la neblina.

Cuando vio que estaba ya suficientemente recuperada, el Pastor la tomó de la mano y caminaron juntos dentro de la niebla blanca, a través de un pequeño bosque donde los árboles eran apenas visibles y no había ningún otro sonido sino el caer de las gotas de agua contra el suelo. De pronto, en medio del bosque, un pájaro rompió el silencio con una bella canción. Debido a la niebla no podían verlo; pero la avecilla repetía con fuerza (y con un tono indescriptiblemente melodioso) las mismas notas, una y otra vez. Parecían formar una frase que se repetía constantemente, siempre con un trino más alto al finalizar, que sonaba como una breve carcajada. A Miedosa le pareció que la canción que cantaba era ésta:

> *Él ha obtenido la victoria, ¡Hurra!*
> *Él ha obtenido la victoria, ¡Hurra!*

El bosque repicaba con las alegres notas, y ambos permanecieron quietos entre los árboles durante un tiempo para poder escuchar más tranquilamente.

—Miedosa -dijo el Pastor-, has tenido una visión anticipada del Reino al cual voy a llevarte. Mañana tú y tus compañeras iniciaréis la última etapa de vuestro viaje que os llevará allí arriba.

Entonces, con mucha ternura, le habló palabras que parecían demasiado gloriosas para ser verdad:

—«Aunque tienes poca fuerza, has guardado mi palabra, y no has negado mi nombre. He aquí, yo entrego de la sinagoga de Satanás a los que se dicen ser judíos y no lo son, sino que mienten; he aquí, yo haré que vengan y se postren a tus pies, y reconozcan que yo te he amado. He aquí, yo vengo pronto; retén lo que tienes, para que ninguno tome tu corona. Al que venciere, yo le haré columna en el templo de mi Dios, y nunca más saldrá de allí; y escribiré sobre él el nombre de mi Dios... y mi nombre nuevo» (Apocalipsis 3:8-12).

Fue entonces cuando Miedosa cobró coraje para atreverse a preguntarle algo que nunca se había atrevido a preguntarle antes. Con su mano puesta en la de él le dijo:

—Mi Señor, ¿puedo preguntarte algo? ¿Es que se está aproximando el tiempo en que se cumplirá la promesa que me has dado?

Él le respondió muy gentilmente y con evidente gozo:

—Sí, el tiempo se está acercando. Atrévete a comenzar a ser feliz. Si sigues adelante por la senda que está ante ti, pronto recibirás la promesa y yo te daré el deseo de tu corazón. Ahora el día no está muy lejano, Miedosa.

Ambos se quedaron un tiempo en el bosque lleno de neblina; ella, temblando de esperanza e incapaz de pronunciar una palabra; adorando y preguntándose si había tenido una visión, o si todo eso le había sucedido realmente. En el rostro del Pastor había una mirada que ella no hubiera podido entender aunque la hubiera visto; pero estaba demasiado deslumbrada de felicidad para mirarle. En lo alto, sobre los árboles húmedos, el pequeño pajarito seguía cantando su alegre canción:

> *«Él ha obtenido la victoria»,*
> *y luego rompía en gorjeos y trinos:*
> *«¡Hurra, hurra, hurra!»*

Poco después estaban de nuevo abajo, en las praderas, donde les aguardaban Pena y su hermana Contrariedad. Era el momento de proseguir su viaje, pero -después de que el Pastor las hubo bendecido y se marchaba ya para seguir por su camino- Contrariedad y Pena se arrodillaron de pronto ante él y le preguntaron dulcemente:

—Señor, ¿qué lugar es éste donde hemos estado reposando y disfrutando durante estos días pasados?

Él contestó muy pausadamente:

–Éste es el lugar al que llevo a mis amados, para que puedan ser ungidos en preparación para su sepultura.

Pero Miedosa no llegó a escuchar estas palabras, pues caminaba algo más adelante, repitiendo una y otra vez:

«Me ha dicho: "Atrévete a comenzar a ser feliz, porque ahora el tiempo está cercano y yo te daré el deseo de tu corazón"».

CAPÍTULO XV
Las Inundaciones

El camino por el que caminaban ahora no iba directamente hacia arriba, hacia las alturas, sino que bordeaba la ladera de la montaña. La niebla seguía cubriéndolo todo e iba en aumento, haciéndose cada vez más espesa. Las tres caminaban en silencio, ocupadas con diferentes pensamientos; Miedosa pensando en la reciente promesa del Pastor: «He aquí, yo vengo pronto... y te daré el deseo de tu corazón»; Contrariedad y Pena pensando probablemente en la respuesta que habían recibido del Pastor. Si pensaban en eso o no, nadie podía saberlo, pues caminaban en el más completo silencio, aunque la ayuda que prestaban a su compañera lisiada era aún más amable y gentil que antes.

Al caer la tarde llegaron a otra cabaña construida a un lado del camino, que tenía la marca secreta del Pastor grabada sobre la puerta, lo que les permitía saber que allí podrían descansar y pasar la noche.

Una vez dentro, observaron que alguien debía de haber estado allí recientemente, puesto que había fuego ardiendo en el hogar y una tetera con agua caliente. También estaba la mesa puesta para tres, con bastante pan y fruta. Era evidente que su visita había sido anunciada y esperada de antemano (y que alguien se había ocupado gentilmente de hacer los correspondientes preparativos), pero no había señal alguna de quién había estado allí antes que ellas. Se lavaron y se sentaron a la mesa; dieron gracias y comieron la comida preparada. Después, como estaban muy cansadas, se acostaron y se quedaron dormidas de inmediato.

Miedosa se despertó sobresaltada cuando era aún bastante oscuro, porque le dio la sensación de que alguien la había llamado. No tenía noción de cuánto tiempo había dormido y sus compañeras seguían roncando plácidamente a su lado, pero ella estaba segura de que alguien la había llamado. Esperó en silencio y escuchó la voz, que dijo:

—¡Miedosa!

—Heme aquí, mi Señor -respondió ella.

—Miedosa -dijo la voz-, toma ahora la promesa que recibiste cuando te llamé a que me siguieras a los Lugares Altos, y toma también el deseo natural de amor humano que está creciendo en tu corazón desde que planté en él mi propio Amor, y ve arriba a las montañas, a un lugar que te mostraré. Allí, ofrécelo todo como una ofrenda quemada para mí.

Antes de que Miedosa, con voz temblorosa, contestara en medio de la oscuridad, hubo un largo silencio.

–Mi Señor, ¿te estoy entendiendo bien?

–Sí -contestó la Voz-. Ven ahora a la entrada de la cabaña y te mostraré a dónde debes ir.

Sin despertar a sus compañeras, que seguían durmiendo a su lado, se levantó sigilosamente, abrió la puerta de la cabaña y salió al exterior. Todo estaba quieto y envuelto en la niebla, y los picos de las montañas eran completamente invisibles, rodeados de nubes y oscuridad. Mientras observaba este panorama, la niebla se abrió en un punto y (como a través de una pequeña ventana) la luna y una estrella brillaron de una manera radiante. Debajo de ellas había un pico blanco y resplandeciente. Al pie del pico había un enorme peñasco de roca, sobre el cual saltaba el agua de la cascada antes de apresurarse a correr borboteando hacia los peñascos inferiores. Sólo era visible la parte superior de la roca sobre la cual el agua se estrellaba; todo lo demás quedaba envuelto en la niebla.

Entonces escuchó de nuevo la Voz:

–Aquél es el lugar indicado.

Miedosa miró y dijo:

–Sí, Señor, heme aquí. Soy tu sierva: quiero hacer tu voluntad.

No regresó a la cama; se quedó de pie a la puerta de la cabaña, esperando el amanecer. Le daba la sensación de que el sonido de la cascada llenaba en la noche todo el espacio, y tronaba incluso en su tembloroso corazón, resonando y gritando mientras repetía una y otra vez:

–Toma la promesa que te he dado y el deseo natural de amor humano de tu corazón, y ofrécelos en ofrenda quemada.

Con el primer resplandor de la aurora, Miedosa se inclinó sobre sus compañeras, que aún dormían, y les dijo:

–Debemos reanudar nuestro viaje ahora mismo. He recibido órdenes de ir arriba, al lugar donde la gran catarata cae sobre el precipicio.

Se levantaron inmediatamente, y después de comer algo rápido para fortalecerse, comenzaron caminar. La senda las llevaba derecho hacia el rumor retumbante de la cascada; todo estaba quieto y seguía envuelto en la niebla, hasta el punto de que ni la propia catarata era visible.

A medida que transcurrían las horas, continuaban su ascenso, sólo que ahora el camino era mucho más escarpado. En la distancia resonó un fuerte trueno y los relámpagos rasgaron el velo de niebla. De pronto -un poco más arriba en el camino- escucharon el sonido de unos pies que corrían rozando las piedras sueltas. Se detuvieron y se arrimaron hacia un lado del angosto camino para dejar paso a quien fuera que se aproximaba corriendo. Entonces, de entre la niebla fantasmal, aparecieron: primero Malicioso, luego Amargura, seguido de Pesimismo, Orgullo y Auto-compasión.

Corrían enloquecidos -como si lo hicieran para salvar sus vidas- y cuando llegaron a la altura donde se encontraban las tres mujeres les gritaron:

—¡Atrás! Regresad inmediatamente. Hay avalanchas cayendo más adelante y todo el costado de la montaña se está moviendo como si fuera a desplomarse. ¡Corred si queréis salvar la vida!

Y sin esperar respuesta, huyeron despavoridos tratando de esquivar la ladera de la montaña.

—¿Qué hacemos ahora? -preguntaron Contrariedad y Pena, que por primera vez en todo el viaje parecían desconcertadas-. ¿Volvemos atrás a la cabaña y esperamos a que pase la tormenta y las avalanchas?

—No -dijo Miedosa, en voz baja pero firme, hablándoles por primera vez desde que las había llamado para que se levantaran y la siguieran.

—No, no debemos volver atrás. He recibido la orden de ir arriba, al lugar donde la gran catarata se precipita sobre la roca.

Entonces la Voz habló desde muy cerca:

—Hay un lugar preparado para vosotras al lado del camino. Esperad allí hasta que pase la tormenta.

En la pared rocosa, junto a ellas, había una pequeña cueva de techo tan bajo que sólo se podía entrar de rodillas y deslizándose hacia su interior.

Allí se sentaron las tres juntas; y entonces la tormenta estalló de pronto sobre ellas con toda su terrible furia. Las montañas resonaban con los truenos y con el sonido de las rocas que caían arrastradas por las grandes avalanchas de nieve. Los rayos iluminaban el firmamento sin cesar, como llamaradas que chisporroteaban al tocar el suelo.

Luego vino la lluvia y la inundación. Los vientos soplaban con fuerza y corrían entre las montañas golpeando todo a su paso, hasta el punto que todo alrededor de ellas parecía temblar, estrellarse y caer. Cientos de improvisados torrentes de agua brotaban de todos los peñascos y una enorme catarata bloqueó la entrada de la cueva, pero ni una sola gota de agua penetró en el interior, donde las tres seguían sentadas en el suelo.

Llevaban allí ya muchas horas, y la tormenta, lejos de amainar, parecía arremeter todavía con más fuerza. Miedosa se introdujo la mano en el pecho; sacó la bolsita de cuero que siempre llevaba con ella y, vaciando las piedrecitas sobre su regazo, se quedó mirándolas. Eran las piedras memoriales de los altares que había construido a lo largo de todo el viaje (desde el primer momento en que estuvo junto al Pastor en el estanque y le había dejado que plantara la semilla en su corazón, hasta el momento en que entraron agachadas en aquella angosta cueva, sobre la cual la montaña parecía estar a punto de desplomarse).

Nada había conseguido aún a cambio de todos sus esfuerzos, salvo la promesa inicial por la cual lo había arriesgado todo.

Miró el montoncito de piedras en su regazo y se preguntó calmadamente: «¿Las tiro y me deshago de ellas, o las guardo? ¿Acaso no son todas ellas promesas falsas e indignas que él me ha hecho a lo largo del camino hasta aquí?».

Con sus dedos entumecidos por el frío, tomó la primera de las piedras y repitió las primeras palabras que él le había hablado junto al estanque: «Haré tus pies como de ciervas y te pondré en los Lugares Altos» (Habacuc 3:19). Sostuvo la piedra en su mano por largo tiempo, y dijo lentamente:

–No he recibido pies de cierva, pero sí estoy en un lugar alto (y más cerca de los lugares más altos que nunca hubiera imaginado); y si llego a morir aquí, ¿qué importancia tiene? No, ésa no voy a tirarla; la guardo.

Y devolvió la piedrecita a la bolsa. Tomó la próxima y dijo:

–«Lo que yo hago, tú no lo comprendes ahora; mas lo entenderás después» (Juan 13:7).

Y con un sollozo exclamó:

–Por lo menos en parte, esto es verdad; y quién sabe si el resto también lo será. Puede que sí o puede que no; pero no la arrojaré.

Tomando la tercera piedra, citó las palabras:

–«Esto no es para muerte, sino para la gloria de Dios» (Juan 11:4).

«No es para muerte -se repetía-, a pesar de que me haya dicho: "Ofrece la promesa como una ofrenda quemada"». Pero colocó de nuevo la piedrecita dentro de la bolsa y tomó la cuarta:

«El grano se trilla... pero no lo trillará para siempre» (Isaías 28:28).

«No, no puedo separarme de ella», se dijo, y la puso de vuelta en la bolsita. Entonces cogió la quinta:

«¿No podré hacer yo de vosotros como este alfarero?» (Jeremías 18:6).

«Sí», dijo ella, y la puso de vuelta dentro de la bolsita.

Tomando la sexta, repitió:

«Pobrecita, fatigada con tempestad, sin consuelo; he aquí que yo cimentaré tus piedras sobre carbunclo, y sobre zafiros te fundaré» (Isaías 54:11).

Fue incapaz de seguir adelante y se echó a llorar amargamente.

«¿Cómo voy separarme de ésta?», se preguntó, y la puso de nuevo en la bolsita con las otras.

Tomó luego la séptima.

«Mis ovejas oyen Mi voz y me siguen» (Juan 10:27).

«¿Seré capaz de tirar ésta?», se preguntó. «¿He oído realmente su voz o me he estado engañando yo misma todo el tiempo?».

Entonces, cuando recordó su rostro en el momento en que él le dio aquella promesa, guardó la piedrecita en la bolsita diciéndose: «La mantendré conmigo. ¿Cómo podría desecharla?». Y tomó la octava.

«Ahora verás lo que yo haré» (Éxodo 6:1).

Recordando el precipicio que le había parecido tan imposible e infranqueable, y cómo él la había llevado hasta la cima, devolvió la piedra con las otras y tomó la novena.

«Dios no es hombre, para que mienta, ni hijo de hombre para que se arrepienta. Él dijo, ¿y no hará? Habló, ¿y no lo ejecutará?» (Números 23:19).

Estuvo un largo rato sentada, temblando, con aquella piedrecita en su mano, pero al fin se dijo: «He dado la única respuesta posible cuando le dije: Si quieres, puedes incluso engañarme, pero yo continuaré confiando en ti». Dejó caer la fría piedrecita dentro de la bolsa y tomó la décima.

«Entonces tus oídos oirán a tus espaldas palabra que diga: Este es el camino, andad por él; y no echéis a la mano derecha, ni tampoco torzáis a la mano izquierda». (Isaías 30:21). Al decir esto se estremeció, pero al cabo de un momento, añadió: «Porque aunque tienes poca fuerza, has guardado mi palabra, y no has negado mi nombre... Retén lo que tienes, para que ninguno tome tu corona» (Apocalipsis 3:8,11).

Tras devolver la décima piedrecita a la bolsa, después de una larga pausa, tomó una piedra pequeña y fea que estaba sobre el suelo de la cueva y la dejó caer dentro de la bolsa junto con las otras diez, diciendo: «He aquí, aunque él me matare, en él esperaré» (Job 13:15). Ató nuevamente la bolsita, y dijo: «Aunque todo en este mundo me dijera que estas promesas son falsas, aún así no podría deshacerme de ellas», y colocó la bolsita de nuevo en su seno.

Pena y su hermana Contrariedad habían permanecido sentadas en silencio al lado de Miedosa, mirándola atentamente cuando cogía cada una de las pequeñas piedras del montón que tenía en su regazo. Ambas lanzaron una extraña risa, como de alivio y agradecimiento, y dijeron juntas:

—«Descendió lluvia, y vinieron ríos, y soplaron vientos, y dieron con ímpetu contra aquella casa; mas no cayó, porque estaba fundada sobre la roca» (Mateo 7:25).

Para entonces, la lluvia había cesado, el improvisado torrente de agua había dejado de caer sobre la entrada de la cueva, y sólo quedaba una ligera neblina. El resonar de los truenos y de las avalanchas se desvanecía en la distancia, y las tres mujeres salieron a mirar fuera de la cueva. Desde una cierta distancia, en dirección hacia abajo llegaban las alegres notas del cántico de un pájaro. Podría haber sido el hermano de aquél que cantaba en los bosques, al pie de los Lugares Altos:

> *Él ha obtenido la victoria, ¡Hurra!*
> *Él ha obtenido la victoria, ¡Hurra!*

Mientras esas notas puras y claras seguían flotando en el aire, la frialdad del corazón de Miedosa se resquebrajó y finalmente se derritió. Apretó sus manos con fuerza contra la pequeña bolsita de piedras, como si contuvieran preciados tesoros que creía haber perdido, y dijo a sus compañeras:

–La tormenta ha terminado. Podemos seguir nuestro camino.

Desde ese punto en adelante, el terreno era muy escarpado (puesto que el camino ascendía a partir de aquí derecho hacia arriba por la ladera de la montaña), tan empinado que a menudo Miedosa no podía hacer más que arrastrarse sobre sus manos y rodillas. Durante todo el tiempo había mantenido la esperanza de que, cuanto más alto llegaran y más cerca estuvieran de los Lugares Altos, más fuerte se iría sintiendo y no volvería ya a caminar dando tropezones; pero la realidad era muy distinta.

Cuanto más alto estaban, más consciente era de que sus fuerzas la estaban abandonando; y cuanto más débil se sentía, tropezaba más y más. Se daba cuenta, en cambio, que esto no les sucedía a sus compañeras, sino todo lo contrario. Cuanto más subían, parecían estar cada vez más vigorosas y fuertes (cosa que les venía muy bien, pues a menudo tenían casi que cargar con Miedosa, que parecía completamente extenuada). A causa de esto avanzaban muy lentamente.

Al segundo día de marcha, llegaron a un lugar donde un hueco en el lateral de la montaña formaba una pequeña planicie. Aquí, de un peñasco, surgía un manantial que daba lugar a una pequeña cascada de agua. Cuando se detuvieron para descansar, la Voz le dijo a Miedosa:

–Bebe del manantial que está al lado del camino y te fortalecerás.

Agachándose como pudo hasta el lugar donde brotaba el agua de entre las rocas, llenó su boca; pero tan pronto como la tragó, comprobó que era amarga y que su estómago la rechazaba por completo, no podía retenerla. Se arrodilló junto al manantial, jadeando por un momento, y dijo muy quieta y suavemente:

–Mi Señor, no es que no quiera, pero es que no puedo beber de esta agua.

–Hay un árbol que crece junto a este manantial de Mara -contestó la Voz-. Rompe un trozo de una rama y, cuando la hayas puesto dentro de las aguas, éstas se volverán dulces.

Miedosa miró al otro lado del manantial y vio un pequeño arbusto espinoso, con una rama creciendo del tronco quebrado como los brazos de una cruz. Estaba cubierta de largas y afiladas espinas. Pena dio un paso adelante, rompió un pedazo de la rama espinosa y lo trajo a Miedosa, quien lo tomó con su mano y lo tiró dentro del agua. Después de esto se agachó de nuevo y volvió a beber. Esta vez encontró que el desagradable sabor amargo había desaparecido y, aunque el agua no era dulce, podía beberla sin que le causara ningún malestar.

Bebió abundantemente y descubrió que el agua debía de tener poderes curativos, puesto que casi de inmediato se encontró maravillosamente refrescada y fortalecida. Entonces de allí (al lado de las aguas de Mara) tomó la piedra número doce y la puso en su bolsa.

Descansaron un poco y pronto estuvieron ya en condiciones para emprender de nuevo el viaje; Miedosa se sintió por un tiempo mucho más fuerte, pues -aunque el camino era más escarpado que antes- no tenía necesidad de arrastrarse ni se sentía cansada. Esto la reconfortó en gran manera, puesto que para entonces el único deseo que ardía en su corazón era el de alcanzar el lugar señalado y cumplir con el mandamiento que se le había dado, antes de que sus fuerzas la abandonaran.

Al tercer día, «levantaron sus ojos y vieron el lugar»: la gran roca, el peñasco y el salto de agua; y continuando por la senda rocosa, envueltas por la niebla, al mediodía llegaron al lugar que le había sido señalado.

CAPÍTULO XVI
Sepultura en las Montañas

El camino continuaba hacia adelante hasta una hendidura abierta en la misma roca, y allí terminaba. Esta enorme hendidura en la roca -semejante a una enorme tumba- se abría a sus pies, a lo largo y ancho de todo el camino, tan lejos como alcanzaban a ver, y les cortaba por completo el paso hacia adelante. Estaba tan llena de nubes y niebla que les era imposible saber lo profunda que era; tampoco alcanzaban a ver el otro lado, pero se extendía ante ellas como una enorme boca abierta, esperando para tragarlas. Por un momento, Miedosa se preguntó si éste sería el lugar, pero cuando se detuvieron al borde de la grieta, escucharon con toda claridad el estruendo de las aguas de la catarata (lo que le hizo pensar que la hendidura estaba en un lugar muy cercano a la catarata y que por tanto, ése era el lugar señalado).

Mirando a sus compañeras, les preguntó con calma:

—¿Qué hacemos ahora? ¿Podemos pasar a través de esa hendidura al otro lado?

—No -le dijeron-, eso sería imposible.

—¿Qué hacemos entonces? -preguntó.

—Debemos bajar al fondo y saltar al interior de la hendidura -fue la respuesta.

—Ya me doy cuenta -dijo Miedosa-; de pronto no había reparado en que esto es lo único que podemos hacer.

Entonces (y por última vez, aunque ella no lo sabía aún), agarró la mano de sus compañeras para que la ayudaran. Estaba tan débil y exhausta, que en realidad, en lugar de tomarla de las manos, se acercaron a ella y la agarraron por los brazos, llevándola prácticamente en volandas. Así, con sus amigas de percance y dolor sosteniéndola, Miedosa se lanzó dentro de la hendidura abierta en la roca. Era profunda y, de haber saltado sola, ciertamente habría salido muy mal parada, probablemente mal herida por el golpe. Sin embargo, sus compañeras eran tan fuertes que el salto no pareció dañarlas en absoluto, y la llevaron tan fácilmente entre las dos, sosteniéndola en el aire antes de que tocara el fondo, que no sintió más que una leve sacudida.

Como la hendidura estaba completamente llena de niebla y cubierta de nubes, al principio no se distinguía nada. Poco a poco comenzaron a examinar el suelo despacio y con detalle, hasta que vislumbraron un poco más allá la silueta de una roca oblonga y plana. Cuando llegaron a ella se dieron cuenta de que era el tipo de piedra utilizada como altar y alcanzaron a distinguir la figura difusa de alguien que parecía estar de pie detrás.

–Éste es el lugar -dijo Miedosa, tranquila y serena-. Éste es el sitio donde tengo que hacer mi ofrenda.

Subió los peldaños hacia el altar y se arrodilló:

–Mi Señor -dijo tranquila en medio de la niebla-, ¿vendrás a mí ahora y me ayudarás a hacer la ofrenda de mí misma, como tú me has ordenado?

Pero, por primera vez en todo el viaje, no hubo respuesta, ninguna respuesta; y el Pastor no acudió.

Sola, arrodillada en medio de la fría niebla frente a un desolado altar en este valle de sombras, vinieron a su mente las palabras que Pesimismo le había arrojado como un dardo cuando caminaba por la orilla del Mar de la Soledad: «Más tarde o más temprano, cuando te lleve arriba, a los lugares desolados de las montañas, te pondrá en una especie de cruz y te abandonará». Todo hacía pensar que, de alguna manera, Pesimismo tenía razón, se dijo Miedosa para sus adentros. Pero Pesimismo era demasiado ignorante para saber (y ella demasiado ingenua para entender en aquellos momentos) que lo único que importaba verdaderamente era hacer la voluntad de Aquél a quien había seguido y amado, fuera cual fuera el costo.

No obstante, cuando se arrodilló ante el altar sumida en aquella última y tremenda crisis, aparentemente abandonada por el Pastor, tampoco había señales de la presencia de sus enemigos. La hendidura estaba justo en los límites de los Lugares Altos y por tanto fuera del alcance de Orgullo, Amargura, Pesimismo y Auto-compasión, y también de Malicioso; había entrado en otro mundo en el que estaba resguardada y a salvo de ellos, pues jamás podrían penetrar en aquella hendidura.

Allí, arrodillada frente al altar, no sentía ni desesperación ni esperanza. Sabía, con absoluta certeza, que no bajaría un ángel del cielo para decirle que el sacrificio no era necesario; sin embargo, tampoco eso le causaba temor ni temblor. En realidad, no sentía nada; nada más que una profunda quietud y el deseo ferviente de hacer lo que él le había ordenado, simplemente porque así se lo había pedido. El sentimiento de fría desolación que había invadido su corazón en la cueva de la tormenta había desaparecido por completo, y en su lugar había prendido en él una llama ferviente, la llama del deseo imperturbable de hacer su voluntad. Todo lo demás había muerto y se había convertido en cenizas.

Esperó un tiempo prudencial, pero el Pastor seguía sin venir. Finalmente metió la mano en su pecho y -en un póstumo y supremo esfuerzo- se asió del amor humano y natural, tirando de él con fuerza para arrancarlo y arrojarlo fuera. Al primer intento, sintió como si la angustia atravesara cada nervio y fibra de su cuerpo, sintió un dolor tan intenso e insoportable que estuvo en los límites del colapso, pues las raíces del amor humano habían arraigado y estaban enroscadas en cada parte de su ser. De modo que, a pesar de su empeño y de que empleó toda la poca fuerza que le quedaba intentando arrancarlas, ni una sola cedió.

Era evidente que no era capaz de llevar a término lo que él le había encomendado. Aunque había conseguido llegar hasta el altar, no le quedaban fuerzas para obedecer. Volviéndose hacia las que habían sido sus guías y ayudantes durante todo el viaje por las montañas, les pidió ayuda para arrancar la planta y echarla fuera de su corazón. Pero, para su sorpresa, por primera vez Pena y Contrariedad menearon la cabeza negativamente.

—Hemos hecho todo lo que hemos podido por ti -le contestaron-, pero no podemos hacer esto; es algo que te incumbe a ti sola.

Entonces, la figura difusa que estaba detrás del altar dio un paso hacia adelante y dijo pausadamente:

—Yo soy el sacerdote de este altar. Si es tu deseo, puedo arrancar esa planta de tu corazón.

Instantáneamente Miedosa se volvió hacia él.

—¡Oh, gracias! -le dijo-. Te ruego que lo hagas.

La silueta que habían visto difusa y borrosa por la niebla se acercó al altar, y ella le dijo suplicante:

—Soy muy cobarde. Tengo miedo que el dolor me haga oponer resistencia. ¿Podrías atarme al altar de forma que no me pueda mover? No me gustaría oponer resistencia mientras se está haciendo en mí la voluntad de mi Señor.

Durante unos momentos se hizo un silencio absoluto; después el sacerdote respondió:

—Es una buena idea. Te ataré al altar.

Y la ató de pies y manos.

Cuando la hubo atado, Miedosa levantó su rostro hacia los Lugares Altos, todavía invisibles a causa de la niebla, y con voz pausada gritó a través de la niebla:

—Mi Señor, heme aquí, en el lugar que tú me mandaste para hacer lo que tú me ordenaste que hiciera, porque donde tú murieres, yo moriré, y allí seré sepultada; así me haga Yahvé, y aun me añada, que sólo la muerte hará separación entre nosotros dos (Rut 1:17).

Seguía reinando el silencio, un silencio sepulcral, ya que Miedosa estaba en realidad en la sepultura de sus propias esperanzas; todavía sin el cumplimiento de la promesa de tener pies de cierva, todavía lejos de los Lugares Altos. Éste era el lugar al cual su largo y fatigoso viaje la había traído. Pero una vez más, antes de rendirse totalmente sobre el altar, repitió la gloriosa promesa que había sido la causa que la había impulsado a iniciar su viaje hacia los Lugares Altos.

—«Yahvé el Señor es mi fortaleza, el cual hace mis pies como de ciervas, y en mis alturas me hace andar» (Habacuc 3:19).

El sacerdote, tirando de la manga de su túnica, mostró una mano de acero, y la dirigió directamente hacia su corazón. Hubo un sonido como de algo que se rompe y resquebraja, y el amor humano, con todas sus miríadas de raíces y fibras, salió fuera.

El sacerdote lo sostuvo en alto por un momento y dijo:

—Efectivamente, ya estaba maduro para ser arrancado, el tiempo había llegado. No falta ni una sola de sus raíces.

Habiendo dicho esto, depositó la planta sobre el altar y extendió sus manos encima. Vino entonces una llamarada de fuego que pareció hacer pedazos el altar, después de lo cual no quedaron más que cenizas, tanto de la planta del amor humano (que tan fuertemente arraigada había estado en su corazón) como de Pena y Contrariedad, sus compañeras en este largo y extraño viaje. Miedosa se sintió sobrecogida y experimentó un profundo sentimiento de descanso y paz. Por fin la ofrenda estaba hecha. Cuando el sacerdote la hubo desatado, se incorporó sobre las cenizas del altar y dijo con un sentimiento absoluto de acción de gracias:

—Consumado es.

Después, como estaba totalmente exhausta, se quedó dormida.

SEGUNDA PARTE

«A la mañana vendrá la alegría»
(Salmo 30:5)

CAPÍTULO XVII
Manantiales Salutíferos

Cuando despertó, Miedosa miró al exterior a través del arco de entrada de la cueva en la cual se encontró acostada. El sol estaba alto en el cielo y los destellos luminosos que penetraban por la abertura hacían brillar con gloria y esplendor todo lo que tocaban. Se quedó recostada un poco más de tiempo, tratando de hilvanar sus pensamientos y de entender dónde se encontraba.

La cueva rocosa en la que estaba, bien iluminada por el sol, era tibia, silenciosa y llena de un dulce perfume de nardo, incienso y mirra. Pronto se dio cuenta de que el perfume emanaba gradualmente de las envolturas que la cubrían. Se sentó con un movimiento cuidadoso y miró a su alrededor. Entonces vino a su mente la escena de todo lo que le había acontecido.

Ella y sus dos compañeras habían llegado a una hendidura cubierta por las nubes y se habían dirigido hacia un altar de sacrificio. El sacerdote del altar había arrancado de su corazón la flor del amor humano y la había quemado sobre el altar. Al recordar eso, se inclinó y miró su pecho, que estaba cubierto con una tela empapada en las especias de cuyo perfume estaba lleno aquel lugar. Apartó la tela hacia un lado, con tanta precaución como curiosidad, y quedó asombrada de ver que no había ninguna cicatriz, ni siquiera una leve marca de herida; tampoco sentía dolor ni rigidez en ninguna parte de su cuerpo.

Se levantó lentamente y salió al exterior, donde permaneció quieta por unos momentos frente a la entrada de la cueva, mirando a su alrededor. La hendidura, antes cubierta de una espesa niebla que impedía toda visión, brillaba ahora a la luz dorada del sol.

Por doquier crecía una hierba suave y aterciopelada, tachonada con gencianas y otras muchas variedades de florecillas semejantes a joyas. A lo largo de las paredes rocosas había montones de tomillo perfumado, musgo y arrayanes, y todo estaba bellamente salpicado con delicadas gotas de rocío.

En el centro de la hendidura, a una corta distancia de la cueva, estaba el altar de piedra al que el sacerdote la había atado; pero ahora, con la luz del sol, vio que las flores y el musgo crecían por todo el altar cubriéndolo totalmente con un tapiz verde. Los pajaritos saltaban de aquí para allá, desparramando las gotas de rocío por la hierba y trinando alegremente mientras se limpiaban y acomodaban el plumaje.

Uno de ellos se había posado sobre el altar, y su diminuta garganta latía mientras trinaba una canción de gozo; pero lo más hermoso y maravilloso de todo era que, de debajo de la roca del altar, manaba un «río de agua de cristal». Fluía en una secuencia de cascadas formando estanques de agua a lo largo de toda la hendidura hasta llegar al pie de una roca sobre la cual se derramaba con un sonido de aclamación y felicidad.

Permaneció por un tiempo extasiada, contemplando todo lo que veía a su alrededor, con el corazón saltando de alegría; sentía un gozo creciente, más allá de todo entendimiento, que la hacía estremecer; y una paz indescriptiblemente dulce que parecía envolverla. Estaba completamente sola. No había trazas de sus compañeras Pena y Contrariedad, ni tampoco del sacerdote del altar. Las únicas cosas que respiraban y se movían en la grieta, aparte de ella misma, eran los alegres pajarillos, los insectos y las mariposas multicolores que revoloteaban sobre las flores. Arriba, en lo alto de las paredes de la hendidura, resplandecía un cielo totalmente despejado, contra el cual los picos de los Lugares Altos brillaban con un blanco radiante.

Lo primero que hizo, después de contemplarlo todo, fue dirigirse hacia el arroyuelo que manaba de debajo del altar, que la había atraído con una fuerza casi irresistible. Al llegar a él, se inclinó y mojó sus dedos en el agua cristalina. Estaba fría, pero le hizo sentir un estremecimiento de éxtasis que hormigueaba en todo su cuerpo; y sin pensarlo demasiado, se despojó de las vestiduras blancas que llevaba y se metió dentro de uno de los estanques que había en medio de las rocas. Nunca había experimentado una sensación tan deliciosa. Era como sumergirse en un manantial de vida que fluía permanentemente. Permaneció un buen rato en el estanque y cuando por fin se decidió a salir, se secó con rapidez; todo su cuerpo vibraba, de pies a cabeza, y sentía una sensación de perfecto bienestar. Se sentó en la orilla llena de musgo, junto al manantial, y al mirarse los pies se percató, por primera vez, de que ya no estaban lisiados. Ya no eran feos y desagradables a la vista, como siempre habían sido, sino que ahora eran «pies derechos», perfectamente formados, y de una piel blanca que contrastaba con la suave hierba verde del suelo.

Entonces recordó que el Pastor le había hablado de unos manantiales salutíferos que fluían en la tierra de los Lugares Altos. Sumergió la cabeza en el manantial de aguas cristalinas y se lavó con ellas. Después, se arrodilló junto a un diminuto estanque que encontró entre las rocas, con aguas quietas como un espejo, y se miró en la serena superficie para contemplar su cara. Su boca fea y torcida había desaparecido; ahora era perfecta y hermosa, adornando su rostro, bello como el de un niño, que se reflejaba en el agua.

Observó también que en los costados de la hendidura crecían fresas, frambuesas y otras frutas silvestres refrescantes. Tomó un puñado y se las comió con deleite, como nunca antes.

Luego fue hasta la cumbre del peñasco sobre el cual se derramaba el arroyo y estuvo allí largo tiempo, contemplando cómo saltaba el agua por el borde con su ruido gozoso que apagaba todos los demás sonidos. Vio cómo, a medida que fluían formando remolinos hacia abajo, el sol daba a las aguas cristalinas una apariencia gloriosa; y mirando por encima de la pared de roca de la hendidura, vio un poco más allá las verdes colinas donde el Pastor le había llevado y donde había estado con él al borde mismo de la catarata. Se sintió rodeada de paz, y el sentimiento de quietud y de contentamiento interior que la embargaba apagaba toda percepción de inquietud, soledad y angustia.

No pensaba para nada en el futuro. Estar allí, en aquella hendidura silenciosa, oculta en lo alto de las montañas, con el río de vida fluyendo a su lado, le era más que suficiente para descansar y recuperarse del largo viaje. Al cabo de un rato se recostó en una orilla llena de musgo y se durmió; y cuando se despertó, se bañó de nuevo en el arroyo. Así transcurrió todo el día, en quietud y paz, como un dulce sueño; bañándose y descansando a intervalos y comiendo de las frutas que crecían en las paredes de roca.

Cuando por fin el sol se ocultaba en el oeste, las sombras comenzaron a alargarse y los picos nevados brillaban gloriosos en un tono de llamarada rosa, entró nuevamente en la cueva; se acostó entre las telas con aromas de especias y durmió tan profundamente como la primera noche, cuando el sacerdote la dejó allí para que descansara.

CAPÍTULO XVIII
Pies de Cierva

Al tercer día, siendo aún oscuro, se despertó súbitamente, y saltó sobre sus pies con un gozo que le hizo estremecerse en todo su cuerpo. No había escuchado que nadie la llamara por su nombre, ni tenía conciencia de haber oído ninguna voz, y sin embargo sabía que alguien la había llamado. Era un llamado misterioso y dulce, un llamado que ella conocía instintivamente y que había estado esperando desde la primera vez que despertó y abrió los ojos en la cueva. Salió al exterior en la soledad aromática de la fragante noche de verano. La estrella de la mañana parecía colgar del cielo; por el Este apuntaban los primeros resplandores de la aurora. En algún lugar cercano, se escuchaban los trinos de un pájaro solitario que entonaba unas notas dulces; y una brisa suave balanceaba la hierba con un movimiento ondulante. No se escuchaba ningún otro sonido, más que el de la catarata.

Entonces lo sintió otra vez: una voz que resonaba por toda la hendidura procedente de algún lugar de arriba. Allí quieta, bajo la pálida luz de la aurora, miró con ansiedad a su alrededor. Cada nervio de su cuerpo se tensaba con el deseo de responder a ese llamado, y sintió en sus pies como una urgencia irresistible de comenzar a saltar por las montañas; pero ¿había alguna manera de salir fuera de la hendidura? Las paredes eran casi perpendiculares por todos los costados y parecían exageradamente resbaladizas, excepto por un extremo, bloqueado por la catarata que caía al precipicio.

En aquel preciso momento -mientras estaba con cada nervio en tensión tratando de encontrar cualquier medio posible de salida- de detrás de uno de los peñascos de la hendidura, tapizado de musgo, salió un ciervo de la montaña seguido por la cierva (tal cual los había visto al pie del gran Precipicio de la Injuria). Mientras los miraba, el ciervo se encaramó de un salto a la roca del altar, y desde allí, dando otro enorme salto, alcanzó un saliente de la pared de roca más alejado de la hendidura. De allí -y seguido siempre de cerca por la cierva- comenzó a saltar a otros salientes de la pared hacia el exterior de la hendidura.

Miedosa no lo dudó un instante. En pocos segundos estaba ella misma sobre la roca del altar, y desde allí, con un salto espectacular, alcanzó también el mismo saliente en la pared; luego, siguiendo las pisadas del ciervo y la cierva, brincando y saltando en un perfecto éxtasis de deleite, les siguió por los peñascos.

Pocos minutos después, los tres estaban ya fuera de la hendidura, saltando por la ladera de la montaña hacia el pico de arriba, desde donde venía el llamado. Por el Este apuntaba una luz rosácea que teñía con una coloración de fuego la nieve de los picos; y mientras Miedosa saltaba de peñasco en peñasco, brillaron los primeros rayos del sol sobre la cima de la montaña.

Allí, en la cumbre, estaba el Pastor tal como ella sabía que estaría: fuerte, grande y glorioso; recortando su silueta contra el cielo en la belleza del crepúsculo; extendiendo ambas manos y llamándola con una amplia sonrisa.

–¿Ves? Con los pies de cierva has saltado hasta aquí.

Ella dio un último salto, tomó sus manos y se puso a su lado en la parte más alta de la montaña. Alrededor de ellos, en todas direcciones, se levantaban enormes extensiones de nieve y de cordilleras nevadas, cuyos picos se elevaban hacia el cielo más allá de lo que la vista podía alcanzar. Llevaba una corona en su sien y vestía sus ropas reales (como lo había visto antes, cuando la había llevado a los Lugares Altos y la había tocado con el carbón encendido del altar de oro del Amor). En aquella ocasión su rostro era más bien severo en su majestad; pero ahora estaba lleno de gloria y transmitía un gozo que excedía todo lo que ella pudiera haber imaginado.

–Por fin -dijo mientras ella se arrodillaba sin decir palabra a sus pies-, por fin estás aquí. «La noche del llanto terminó y el gozo te ha llegado con la mañana».

Entonces, levantándola, continuó:

–Ha llegado el momento de que recibas el cumplimiento de las promesas. Nunca más volveré a llamarte Miedosa.

Sonrió y continuó diciendo:

–«Escribiré sobre ella un nuevo nombre, el nombre de su Dios. Porque sol y escudo es Yahvé Dios; gracia y gloria dará Yahvé. No quitará el bien a los que andan en integridad» (Salmo 84:11). Éste es tu nuevo nombre, desde ahora en adelante serás: «Gracia y Gloria».

Ella seguía sin poder hablar, pero se quedó allí silenciosa y maravillada, llena de gozo y agradecimiento.

Entonces él continuó:

–Ahora es cuando la flor del Amor florecerá, y la promesa que te hice para cuando floreciera se cumplirá: serás amada.

Gracia y Gloria habló por primera vez.

–Mi Señor y Rey -dijo con dulzura-, no queda ninguna flor del Amor que pueda florecer en mi corazón. Fue quemada y transformada en cenizas sobre el altar, tal como tú lo ordenaste.

–¿Que no hay flor del Amor? -dijo él sonriendo gozosamente-. Eso que me dices suena muy extraño, Gracia y Gloria; ¿cómo pues has llegado hasta aquí? Estás en los Lugares Altos, en el mismísimo Reino del Amor. Abre tu corazón y vamos a ver qué es lo que hay allí.

Obediente a su mandato, ella desnudó su corazón y de su interior salió el más dulce perfume que jamás hubiera aspirado, que impregnó con su exquisita fragancia todo el aire alrededor del lugar donde estaban. Allí, en su corazón, había una planta cubierta de flores blancas, casi transparentes, que eran las que exhalaban esa fragancia.

Gracia y Gloria dio un suspiro de agradecimiento.

–¿Cómo vino a parar aquí, mi Señor y Rey? -exclamó extrañada.

–Yo mismo la planté -le respondió sonriente-. Seguramente recordarás que allá abajo, en el estanque de las ovejas del Valle de la Humillación y Sombra de Muerte, el día que prometiste ir conmigo a los Lugares Altos, puse en tu corazón una semilla en forma de espina: ésa es su flor.

–Entonces, mi Señor, ¿qué era la planta que el sacerdote arrancó de mi corazón cuando estaba atada al altar?

–¿Recuerdas, Gracia y Gloria, cuando junto al estanque miraste en tu corazón, y viste que la clase de amor que yo tengo no estaba allí; que sólo había la planta del anhelo de ser amada?

Ella asintió con la cabeza.

–Pues ésa era la planta del amor natural humano que arranqué de tu corazón cuando llegó el momento y estaba lo suficientemente madura como para poder arrancarla totalmente, a fin de que únicamente el verdadero Amor pudiera crecer y llenar tu corazón.

–¡Tú la arrancaste! -dijo ella sorprendida y maravillada-. ¡Entonces, oh mi Señor y Rey, tú eras el sacerdote del altar! ¿Estuviste allí todo el tiempo frente a aquel horrible altar y sepultura, cuando yo pensaba que me habías abandonado?

Él inclinó su cabeza y ella tomó sus manos, aquellas manos heridas que habían plantado la semilla en forma de espina en su corazón (y a su vez, las manos de acero que habían arrancado el amor humano, que había sido la causa de todo su dolor) y las besó con lágrimas de gozo que caían sobre ellas.

–Ésta es la promesa -dijo Él-: que cuando las flores del Amor florecieran en tu corazón, tú serías amada. -Y tomando sus manos entre las suyas, añadió- Con amor eterno te he amado (Jeremías 31:3). He puesto mi amor sobre ti y tú eres mía.

Después le dijo:

–Dame, Gracia y Gloria, la bolsa con las piedras de recuerdo que has estado juntando a lo largo de tu viaje

Ella se la entregó; entonces él abrió la pequeña bolsita, le pidió que extendiera sus manos y vació en ellas todo su contenido. Gracia y Gloria suspiró extasiada, pues en lugar de las piedras feas y vulgares que había recogido de los altares a lo largo del camino, sobre sus manos cayó un montón de joyas brillantes y preciosas. Medio deslumbrada por la gloria que emanaba de aquellas gemas refulgentes, vio también en su mano un aro de oro puro.

–«Oh tú que fuiste afligida, azotada con tempestad y sin consuelo -dijo él-, he aquí que yo cimentaré tus piedras sobre carbunclo y sobre zafiros te fundaré» (Isaías 54:11).

Tomó de su mano primero una de las gemas más grandes y hermosas (un zafiro que brillaba como el azul del cielo), y lo puso en el centro del aro de oro. Entonces, tomando un rubí rojo como la sangre, lo colocó a un lado del zafiro y luego colocó una esmeralda al otro lado. Después tomó las demás piedras (doce en total), las engastó en el aro y lo colocó sobre su cabeza.

En aquel momento, Gracia y Gloria recordó la cueva donde se había guarecido de las inundaciones, y cuán cerca había estado de sucumbir a la tentación de deshacerse de aquellas piedras, que ahora brillaban con gloria y esplendor en la corona colocada sobre su cabeza. Recordó también las palabras que habían sonado entonces en sus oídos y que la habían retenido de hacerlo: «Retén lo que tienes, para que nadie tome tu corona». Suponiendo que hubiera tirado las piedras, ello habría significado una pérdida de confianza en sus promesas y una regresión en su proceso de sumisión y rendición a su voluntad. Y de haberlo hecho, ahora no habría habido joyas para su gloria y alabanza, ni corona que pudiera ceñir.

Se maravilló del amor, ternura y paciencia con que él la había guiado, entrenado y guardado, no siendo más que una pobre Miedosa. Ese mismo amor era el que le había impedido volverse atrás, y ahora había cambiado todas sus pruebas y tribulaciones en gloria. Entonces le oyó decir, esta vez con una sonrisa en su rostro más gozosa aún que antes:

–«Oye hija y mira, e inclina tu oído; olvida tu pueblo, y la casa de tu padre; y deseará el rey tu hermosura; e inclínate a él, porque él es tu Señor. Y las hijas de Tiro vendrán con presentes; Implorarán tu favor los ricos del pueblo. Toda gloriosa es la hija del Rey en su morada;

de brocado de oro es su vestido. Con vestidos bordados será llevada al Rey; vírgenes irán en pos de ella. Compañeras suyas serán traídas a ti. Serán traídas con alegría y gozo; entrarán en el palacio del Rey» (Salmo 45:10-15).

Luego añadió:

–A partir de ahora vas a morar aquí conmigo en los Lugares Altos, irás a donde yo vaya y compartirás mi trabajo allá abajo en el valle. Por tanto, Gracia y Gloria, es justo que tengas siervas y compañeras, y por ello te las traeré de inmediato.

Gracia y Gloria le miró compungida y casi le saltaron lágrimas de sus ojos, pues recordó a Pena y Contrariedad, sus fieles compañeras que él le había proporcionado al comienzo de su viaje. Había sido gracias a su ayuda, amabilidad y paciencia, como había logrado ascender por las montañas hasta los Lugares Altos; y a lo largo de todo el tiempo que ahora había pasado junto a su Señor y Rey -recibiendo su nuevo nombre y siendo coronada con honor y gloria- había estado pensando en ellas y deseando (sí, deseando fervientemente) que estuvieran allí, pues consideraba que ellas eran también parte de su éxito. ¿Por qué habría de recibirlo todo ella? No era justo. Habían realizado el mismo viaje, la habían ayudado en los momentos difíciles y habían soportado las mismas pruebas y persecuciones del enemigo.

Y ahora, ella estaba cosechando el éxito y ellas no. Abrió su boca dispuesta a hacer su primer petición, a rogarle a su Señor que le devolviera las compañeras que él había escogido para ella al inicio del viaje, las que con su esfuerzo la habían conducido a la gloria de los Lugares Altos. Pero, antes de que pudiera hablar, él dijo con la misma sonrisa amorosa:

–He aquí, Gracia y Gloria, las compañeras, que yo he elegido para que estén contigo desde ahora y para siempre.

Dos radiantes y esbeltas figuras se abrieron paso hacia ella. En sus vestiduras blancas brillaba refulgente el sol de la mañana, haciéndolas resplandecer con singular hermosura. Eran más altas, esbeltas y fuertes que Gracia y Gloria; pero lo que le cautivó el corazón, y casi le hizo temblar de gozo y admiración, fue la belleza inusitada de sus rostros y el amor que brillaba en sus ojos. Seguían avanzando hacia ella con sus semblantes brillando de alegría y gozo, pero no dijeron una sola palabra.

–¿Quiénes sois vosotras? -preguntó Gracia y Gloria con dulzura-. ¿Podéis decirme vuestros nombres?

En lugar de responder, las recién llegadas se miraron sorprendidas la una a la otra y sonrieron; entonces extendieron sus manos para tomar las de ella entre las suyas. Con este gesto familiar, Gracia y Gloria las reconoció y lloró con un gozo tan intenso que era casi más de lo que podía sobrellevar.

–¡Oh, son Contrariedad y Pena! ¡Bienvenidas, bienvenidas! Estaba anhelando poder volver a veros.

Ellas menearon sus cabezas.

–¡Oh, no! -rieron-, ya no somos más Contrariedad y Pena, como tú tampoco eres Miedosa. ¿No sabes que todo el que llega a los Lugares Altos es transformado? Desde que nos trajiste aquí contigo nos hemos transformado en Gozo y Paz.

–¿Que yo os he traído aquí? -suspiró incrédula Gracia y Gloria- ¡Qué manera más extraña y paradójica de ver las cosas! Más bien diría que, desde el principio, fuisteis vosotras las que me trajisteis a mí.

Ellas menearon otra vez sus cabezas y sonrieron de nuevo al tiempo que contestaban:

–No, Gracia y Gloria, nosotras nunca hubiéramos podido llegar aquí solas. Contrariedad y Pena no podían entrar en el Reino del Amor; pero cada vez que tú nos aceptabas y ponías tus manos en las nuestras, nosotras íbamos experimentando un cambio. Si tú hubieras decidido regresar o nos hubieras rechazado, nunca hubiéramos podido llegar aquí.

Y mirándose nuevamente la una a la otra, sonrieron con dulzura y dijeron:

–Cuando te vimos por vez primera al pie de las montañas, nos sentimos un poco desalentadas y deprimidas. Realmente, la impresión que dabas era la de ser extremadamente Miedosa; te retraías y te negabas a aceptar nuestra ayuda, y nos temíamos que sería poco menos que imposible alcanzar los Lugares Altos a tu lado. Casi llegamos a la conclusión de que tendríamos que seguir siendo Contrariedad y Pena para siempre; pero ya ves, gracias a la magnanimidad de nuestro Rey tú nos trajiste aquí, y mira lo espléndido que ha sido él con nosotras. Ahora vamos a ser tus compañeras y amigas para siempre.

Dicho esto se acercaron a ella, pusieron sus brazos alrededor de su cuello, y las tres se abrazaron y se besaron con un amor, agradecimiento y gozo más allá de lo que las palabras pueden expresar. De esta forma, -con un nombre nuevo, unida al Rey y coronada con gloria- Gracia y Gloria entró con sus compañeras y amigas en los Lugares Altos y fue guiada al Reino del Amor.

CAPÍTULO XIX
Los Lugares Altos

Gracia y Gloria, junto con sus dos compañeras Gozo y Paz, permanecieron en los Lugares Altos por varias semanas, explorando las alturas y aprendiendo del Rey muchas lecciones. Él mismo las guiaba a los distintos lugares y les explicaba todo lo que eran capaces de entender. También las animaba a que exploraran por sí mismas, porque en los Lugares Altos siempre hay nuevos y hermosos descubrimientos por hacer.

Estos Lugares Altos donde se encontraban no eran los más altos de todos. Había otros que se alzaban por encima, más hacia el cielo, donde el ojo mortal no podía seguirles, y donde sólo aquellos que habían terminado su vida de peregrinos en la tierra podían ir. Gracia y Gloria y sus amigas estaban en los Lugares Altos inferiores, en los «peñascos principales del Reino del Amor», que eran las partes que tenían que explorar y disfrutar durante este tiempo. Desde ahí podían mirar hacia los valles y alcanzar una nueva perspectiva y un mayor y mejor entendimiento sobre cosas que las habían dejado confundidas y en el misterio. Cosas que desde abajo no era posible ver con claridad, porque desde abajo sólo una pequeña parte es visible.

Y en este sentido, una de las primeras cosas de las que Gracia y Gloria se percató al llegar a los niveles altos del Reino del Amor, fue de lo mucho más que podría ver, aprender y entender, cuando en futuras ocasiones el Rey la llevara a lugares aún más altos. Pues la gloriosa visión de la que disfrutaba desde allí era insignificante en comparación con todo lo que había más allá, visible solamente desde los lugares más altos.

Ahora tenía la certeza de que había más allá extensiones en las que jamás había soñado siquiera que pudieran existir cuando habitaba en el valle profundo y angosto, con una perspectiva tan limitada. A veces, cuando contemplaba el glorioso panorama visible desde las primeras etapas del Reino del Amor, se sonrojaba al recordar alguna de las afirmaciones dogmáticas que, tanto ella como otros, habían hecho acerca de los Lugares Altos y las extensiones de la Verdad, cuando estaba en las profundidades del valle. ¡Su visión era entonces tan corta, tan poco lo que habían visto, y tan poco lo que sabían sobre lo que había más allá en las alturas!

Y si ése había sido el caso cuando estaba en el valle, con cuánta más claridad se daba cuenta ahora de que -a pesar del privilegio maravilloso del que disfrutaba por estar en los primeros peñascos del Reino- la vista que tenía desde allí no era más que una mínima fracción de la visión del total.

Sin embargo, aprovechaba todo lo que podía su estancia en esas primeras etapas del Reino del Amor, y nunca se cansaba de mirar para verlo todo desde esa nueva perspectiva. Todo lo que alcanzaba a ver y podía asimilar la inundaba de gozo y acción de gracias; y a veces, al hacerlo sentía un alivio inexplicable. Cosas que antes había juzgado como oscuras y terribles (y que la habían hecho temblar al mirarlas desde el Valle, porque le parecían ajenas al Reino del Amor), ahora las veía como partes integrantes de un maravilloso paisaje total; tan distintas de como las había visto desde el valle, que a medida que las iba contemplando se preguntaba cómo había sido tan ciega y tonta de hacerse ideas tan falsas con respecto a ellas.

Comenzó también a darse cuenta, con toda claridad, de que la verdad no puede ser comprendida únicamente a través de libros o palabras escritas, sino que necesita del crecimiento personal y el discernimiento; y que aun cosas escritas en el Libro de los Libros pueden ser mal interpretadas cuando uno vive todavía en los niveles bajos de la experiencia espiritual y en el lado equivocado, en la cueva de las montañas.

Se dio cuenta de que nadie que hubiera alcanzado como ella los primeros peñascos del Reino del Amor estaba en posición de poder dogmatizar con respecto a lo que se veía desde allí (porque es precisamente desde allí desde donde una se da mayor cuenta de cuán pequeña es la parte del total que puede apreciar). Todo lo que podía hacer era suspirar maravillada, con reverencia y agradecimiento, y anhelar con todo su corazón el poder ascender aún más alto para ver más y comprender mejor.

Por paradójico que pueda parecer, lo cierto es que cuanto más contemplaba esas maravillosas y radiantes vistas (tan gloriosas que no alcanzaba a poder abarcarlas) más a menudo llegaba a la conclusión de que la oración que mejor expresaba el deseo de su corazón era la de aquel ciego que dijo: «¡Señor, que reciba la vista!». «Ayúdame a abrirme hacia una nueva luz; ayúdame a comprenderlo todo mejor».

Otra cosa que le era una fuente continua de gozo era su comunión permanente con el Rey. Dondequiera que él iba, ella iba también junto con Paz y Gozo; saltando detrás de él con un deleite que a veces parecía un éxtasis, puesto que él las enseñaba y entrenaba a usar sus flamantes pies de cierva. Gracia y Gloria se dio cuenta, sin embargo, que siempre elegía el camino con sumo cuidado, no en base a su asombroso poder y fuerza, sino limitando los pasos y los saltos a los que ellas pudieran realizar con facilidad.

Tanta era la gracia con la que él se adaptaba a sus limitaciones dentro de sus nuevas posibilidades, que apenas se daban cuenta -en su alegría de saltar y brincar entre las montañas- de que, si él hubiera hecho uso realmente de sus poderes, las hubiera dejado muy atrás.

Para Gracia y Gloria, que hasta ese momento había sido lisiada durante toda su vida, el éxtasis que le causaba saltar y brincar de esta manera de roca en roca por los Lugares Altos, como un ciervo de las montañas, era tan maravilloso que incluso se negaba a detenerse de cuando en cuando para descansar. Y el Rey hallaba su deleite en guiarla y entusiasmarla cada vez más, animándola a dar saltos cada vez más largos, hasta que quedaba casi sin aliento. Entonces, sentándose sobre algún nuevo peñasco al cual la había guiado, le mostraba desde ese lugar, mientras ella descansaba, algunas nuevas perspectivas.

En una de estas ocasiones, y después de haber permanecido varios días en cotas superiores de los Lugares Altos, Gracia y Gloria se lanzó dando un enorme salto sobre un peñasco cubierto con líquenes y musgo que él le había indicado. Y riendo, casi sin aliento, dijo:

—¡Uf! ¡Incluso los pies de cierva necesitan descanso!

—Gracia y Gloria -respondió Él-, ¿piensas que entiendes ahora cómo pude hacer tus pies como los de las ciervas y traerte a estos Lugares Altos?

Ella se acercó a él y, mirándole con semblante serio, le preguntó:

—¿Cómo pudiste hacerlo, mi Señor y Rey?

—Piensa en el viaje que has hecho, desde el principio -le respondió él-, y dime qué lecciones aprendiste en el camino.

Gracia y Gloria se mantuvo silenciosa unos instantes rememorando el viaje (que le había parecido extremadamente largo y terriblemente difícil en muchos lugares, a veces casi imposible). Pensó en los altares que había construido a lo largo del camino; en el lugar en que habían quedado citados junto al estanque en el Valle; en la ocasión cuando él la había llamado por primera vez a seguirle a las alturas. Recordó la caminata hasta el pie de las montañas; el primer encuentro con Pena y Contrariedad y el aprendizaje de aceptar su ayuda; trajo a su memoria el impacto que le produjo el recorrido por el desierto y las cosas que había visto allí.

Luego pensó en su recorrido a lo largo de la orilla del Mar de la Soledad; la ensenada vacía que luego la marea había llenado hasta el borde; y después en la agonía del desencanto y frustración experimentada en el desierto, cuando el camino se apartaba de la aparente ruta a los Lugares Altos. Recordó, además, cuando tuvieron que cruzar el gran dique y su caminata a través de los bosques y valles hasta el momento maravilloso cuando la senda se dirigía de nuevo hacia las montañas. Sus pensamientos volaron hasta el Precipicio de la Injuria, los Bosques del Peligro y la Tribulación, la gran tormenta durante la cual se habían guarecido en la cabaña. Y después, la niebla, la niebla sin fin, y el momento horrible cuando el camino les llevó de pronto en dirección descendente hacia el Valle de la Pérdida; y la pesadilla de aquel desfiladero de horror dentro del cual había mirado cuando estuvo a punto de volver para atrás.

Trajo a su recuerdo el descenso al Valle de la Pérdida y la paz que había encontrado allí antes de ascender de nuevo a las alturas en las sillas del teleférico; y en los días que pasaron en el lugar donde había sido preparada su sepultura. La postrera subida, agonizante; la cueva donde se protegieron de las inundaciones y donde había sido tentada a deshacerse de las piedrecitas de las promesas.

Luego el manantial llamado Mara, y finalmente la hendidura llena de niebla (que todo lo envolvía impidiéndole ver los picos), donde había estado atada al altar. ¡Qué poco había imaginado, cuando comenzó ese extraño viaje, todo lo que tenía por delante y todos los trances por los que tendría que pasar! De modo que se quedó un buen rato sentada, pensativa, en silencio, recordando, admirando y agradeciendo.

Por último, puso su mano en la de él y dijo con dulzura:

—Mi Señor, te diré qué es lo que he aprendido.

—Dime -respondió él gentilmente.

—Primero -dijo ella- aprendí que debo aceptar con gozo todo lo que tú permites que me suceda en mi camino y asimilar todo aquello a lo que me guías en mi senda. Nunca debo tratar de evadir las cosas, sino aceptarlas y poner siempre mi propia voluntad sobre el altar, diciendo: «Heme aquí; soy tú sierva Aceptación-con-Gozo».

Él asintió con la cabeza sin decir palabra, y ella prosiguió:

—Aprendí también que debo soportar todo lo que otros hagan en contra mía y perdonarles sin ningún rastro de rencor ni huella de amargura en mi corazón, diciéndote: «Heme aquí. Soy tu sierva, la que Carga-todo-con-Amor; dame las fuerzas, la sabiduría y el poder necesarios para sacar bien de este mal».

Él asintió de nuevo con la cabeza, y ella sonrió con más dulzura y felicidad aún.

—La tercera cosa que he aprendido es que tú, mi Señor, nunca me has mirado como yo era entonces: lisiada, débil y deforme, además de

cobarde. Tú me viste desde el primer momento como sería cuando
hubieras cumplido tu promesa de traerme a los Lugares Altos, donde
se realiza aquello de que «No habrá nadie que camine con la serenidad
de una reina, ni con más gracia que ella». Siempre me trataste con el
mismo amor y gracia como si yo ya fuera una reina y no una desdichada Miedosa.

Dicho esto, levantó la cabeza, miró a su rostro y por un instante no
pudo decir más; pero finalmente añadió:

—Mi Señor, no soy capaz de decirte cuánto deseo mirar a otros de
la misma forma.

Al escuchar esto, en el rostro del Pastor se dibujó una sonrisa especialmente hermosa y llena de amor, pero aún no dijo nada; sólo movió
su cabeza por tercera vez y esperó a que ella continuara.

—La cuarta cosa -dijo ella radiante- fue en realidad lo primero que
aprendí aquí arriba. Cualquier circunstancia en la vida (no importa
cuán torcida, deformada y fea que parezca ser) es susceptible de ser
transformada si se reacciona ante ella con amor, perdón y obediencia
a Tu voluntad. Comienzo a pensar por tanto, mi Señor, que con frecuencia tú permites y consientes que cosas malas y dañinas entren en
contacto con nuestras vidas, para que puedan ser cambiadas según
tú deseas. Quizás ésta sea la razón principal por la cual la gente está
en el mundo (donde del pecado, la pena, el sufrimiento y la maldad
tanto abundan), para que podamos permitirte que nos enseñes cómo
reaccionar ante ellas, con el fin de que saquemos de ello cualidades de
amor con carácter eterno. En realidad, ésa es la única forma satisfac-
toria de enfrentar lo malo: no simplemente impidiendo que nos dañe,
sino sobreponiéndonos a ello con el bien.

Por fin habló él:

—Veo que has aprovechado bien el viaje, Gracia y Gloria. Ahora
añadiré una cosa más: fueron estas lecciones que aprendiste en el viaje
las que me permitieron cambiarte de ser una Miedosa lisiada y deformada, a ser Gracia y Gloria con pies de cierva. Ahora eres capaz de
correr, saltar por los peñascos y seguirme donde quiera que vaya, de
manera que nunca te vuelvas a apartar de mi lado.

Y continuó diciendo:

—De modo que recuerda esto: mientras estés dispuesta a ser Aceptación-con-Gozo y la que Carga-todo-con-Amor, nunca más volverás
a ser lisiada, y podrás ir donde yo te guíe. Serás capaz de descender
de nuevo allá abajo (al Valle del mundo) a trabajar conmigo, pues es
allá precisamente donde la maldad y las cosas desagradables y penosas
necesitan ser superadas. Acepta con gozo, carga con todo y obedece
la Ley del Amor, y nada podrá lisiar de nuevo tus pies de cierva o se-

pararte de Mí. Éste es el secreto de los Lugares Altos, Gracia y Gloria, es la ley perfecta y amorosa de todo el universo. Es en esto en lo que el gozo de los Lugares Celestiales se hace radiante.

Entonces se levantó, la atrajo hacia sí, y dijo:

—Ahora usa tus pies de cierva otra vez, porque vamos a ir a otra parte de la montaña.

Y se fue, «saltando sobre las montañas y brincando sobre las colinas», con Gracia y Gloria siguiéndole de cerca y las esbeltas figuras de Paz y Gozo saltando a su lado. Y mientras iban saltando de peñasco en peñasco, cantaban esta canción:

> *Ponme como un sello sobre el corazón,*
> *pues el amor es más fuerte que la muerte.*
> *Que pueda sentir la divina pasión*
> *que ha de cambiar mi humana suerte.*
> *Porque es tu ardiente llama*
> *la que el corazón inflama.*
>
> *Tatúa sobre mi brazo*
> *tu gran nombre, Amado mío;*
> *que yo vea cada instante*
> *un nombre que es tan querido.*
> *Grábalo con tinta y fuego,*
> *pues que tu fuego no daña;*
> *y suprime con su llama*
> *lo que al corazón engaña.*
>
> *El amor que es verdadero,*
> *nada lo puede apagar.*
> *Ni los ríos desbordados,*
> *ni aún las olas del mar.*

(Cantar de los Cantares 8:6)

CAPÍTULO XX
Regreso al Valle

El lugar al cual el Rey del Amor las había traído era el más hermoso valle entre los picos de los Lugares Altos. Estaba lleno de jardines maravillosos cubiertos de orquídeas y apacibles viñas. Allí crecían flores de la más exótica belleza y amplia gama. También había árboles de especies y de toda clase de frutos: nogales, almendros, avellanos y muchas otras variedades que Gracia y Gloria nunca había visto antes. Allí los jardineros del Rey estaban siempre ocupados podando los árboles, cuidando las plantas y los viñedos, y preparando la tierra para los nuevos semilleros y los tiernos vástagos.

El Rey mismo se ocupaba de trasplantarlas (trayéndolas personalmente desde la tierra insana y en malas condiciones del valle profundo allá abajo, para que pudieran crecer en la perfección y florecer en ese valle alto allá arriba) hasta que estuvieran listas para ser replantadas en otras partes del Reino del Amor, para embellecer y adornar todos los parajes por dondequiera que el Rey fuera. Pasaron varios días deliciosos observando a los jardineros trabajar bajo la gentil supervisión del propio Rey y acompañándole en su caminar por los viñedos, mientras enseñaba a los labradores a cuidar las plantas frágiles y tiernas.

Un día, Gracia y Gloria y sus dos asistentes caminaban hacia los límites del valle y se encontraron con la frontera de los Lugares Altos, desde donde podían mirar directamente hacia los Lugares Bajos allá a lo lejos. Desde allí divisaron, entre dos cadenas de montañas, un largo y verde valle por el que discurría un río como una cinta de luz. Desparramadas aquí y allá se distinguían manchas marrones y rojas, que parecían ser los pueblecitos y las casas rodeadas con árboles y jardines.

Súbitamente Gracia y Gloria emitió una rara exclamación, puesto que había reconocido el lugar. Estaba mirando al mismísimo Valle de Humillación y Sombra de Muerte, el lugar en el cual había vivido desdichada por tanto tiempo y desde donde el Pastor la había llamado a los Lugares Altos.

Sin decir palabra, se sentó en la hierba. Mientras seguía mirando al valle, una multitud de pensamientos llenaron su mente. Allí estaba la pequeña casita blanca donde había vivido y los prados donde los pastores cuidaban de los rebaños del Rey. Estaban también los rediles y el manantial donde los rebaños iban a beber (y donde ella había encontrado al Pastor por primera vez). En ese valle estaban todos sus compañeros de trabajo; los amigos entre los cuales había vivido y con quienes había disfrutado de un feliz compañerismo; y muchos otros que ella conocía.

A lo lejos, en el linde del poblado, había una cabaña donde vivía su tía Pesimista, en la que ella había pasado una infancia desdichada en compañía de sus primos Tenebrosa, Rencorosa y Malicioso. Al pensar en ellos y en sus vidas desdichadas, sintió que una punzada de compasión y dolor atravesaba su corazón.

¡Pobre tía Pesimista! Siempre tratando de esconder el hecho de que su corazón estaba quebrantado por los fracasos matrimoniales de sus dos hijas, y amargada por las cosas vergonzosas que hacía su hijo.

Vio también las viviendas de sus otros parientes: la Casa Solariega, donde vivía el decrépito señor Temeroso, torturado por sus fracasos y su terror a una muerte próxima. También estaba la casa donde vivía Orgullo; y cerca de ella los hogares de Amargura y Resentimiento; y debajo de aquellos árboles oscuros vivía el miserable Auto-Compasión. Reconoció, una tras otra, las moradas de aquellos que la habían acosado incansablemente durante su viaje a los Lugares Altos, y también las casas de los demás habitantes del Valle, que tanto despreciaban y rechazaban al Pastor.

Mientras permanecía allí, sentada, contemplando todo lo que veía en aquel valle, las lágrimas inundaron sus ojos y su corazón vibró de dolor (dos sensaciones que había ya olvidado desde que llegó a los Lugares Altos).

De pronto descubrió que sus sentimientos hacia sus parientes y todos los demás habitantes del valle habían experimentado un cambio total: ahora los contemplaba a todos desde una nueva perspectiva, bajo una nueva luz. Siempre les había visto como enemigos terribles; pero ahora se daba cuenta de que no eran más que unos pobres seres desdichados, tal como ella misma había sido. Estaban presos y atormentados por sus vicios y pecados habituales, así como por sus viles naturalezas, tal como ella lo había estado por sus miedos y temores. Eran esclavos de su propia naturaleza, que se correspondía a sus bien merecidos nombres, y cuanto más horribles eran las cualidades que los caracterizaban, mayor era la miseria que tenían que soportar, y más lo que necesitaban de alguien que se compadeciera de ellos.

Apenas podía soportar el pensamiento de que, durante tantos años, no sólo les había temido, sino que también les había juzgado y condenado, despreciado y desdeñado en sus miserias, afirmando que respondían a su propia culpa. Sí: ella, la detestable y temerosa esclava Miedosa, se había atrevido tiempo atrás a despreciarles por los defectos que les hacían tan feos y desagradables, sin darse cuenta de que ella misma también era tan fea y desagradable como ellos. En lugar de sentir por ellos compasión y comprensión, y un deseo genuino de que pudieran ser transformados y liberados del resentimiento y la amargura que les hacían como eran, lo único que había hecho era detestarles y despreciarles.

Cuando pensó en esto, se dio la vuelta hacia Gozo y Paz, que estaban sentadas junto a ella, y lloró desconsoladamente.

–¿No hay nada que pueda hacerse por los que viven allá abajo en el Valle? ¿Debe mi tía Pesimista quedar abandonada sin ayuda; y Tenebrosa y Rencorosa también? ¿Y esos primos que caminaron espiándonos a lo largo de nuestro viaje a los Lugares Altos, tratando de convencernos para que volviéramos atrás? Oh, si el Pastor pudo librarme a mí de todos mis temores y pecados, transformando a una Miedosa en Gracia y Gloria, ¿no podrá librarles también a ellos de las cosas que les atormentan?

–Sí -dijo Gozo (que antes había sido Pena)-. Si él fue capaz de transformar a Pena en Gozo, a Contrariedad en Paz, y a Miedosa en Gracia y Gloria, ¿cómo podemos dudar de que pueda cambiar también a Orgullo, Amargura, Resentimiento y Auto-Compasión, si se rindieran a él y le siguieran? Tu tía Pesimista puede ser transformada en Alabanza y Acción de Gracias; y los pobres Malicioso y Rencorosa, también. No podemos dudar de que tal maravilla es posible, si fueran liberados por completo de las cosas que les atormentan.

–Pero -lloraba Gracia y Gloria-, ¿cómo persuadirles de que sigan al Pastor? Actualmente le odian y no desean en modo alguno acercarse a él.

Entonces Paz (quien había sido Contrariedad) dijo tranquilamente:

–He observado que cuando las personas atraviesan una situación de sufrimiento y pena (o sufren una pérdida, humillación, tristeza; o se encuentran en necesidad), a menudo están en mejores condiciones que nunca para conocer al Pastor y buscar su ayuda. Sabemos, por ejemplo, que tu tía Pesimista está completamente desesperada y es muy infeliz por el comportamiento de Malicioso; y pudiera ser que estuviera lista para acudir al Pastor. Y las pobres Tenebrosa y Rencorosa son tan desdichadas que, aunque hasta ahora no hayan sentido necesidad del Pastor, es muy posible que sea ya el tiempo de tratar de persuadirlas a buscar su ayuda.

–Sí -exclamó Gracia y Gloria-. Estoy segura de que tenéis razón. ¡Oh, si tan sólo pudiéramos ir a ellos! ¡Si hubiera alguna manera de ayudarles a encontrar lo que nosotras hemos hallado!

En ese preciso instante escucharon muy cerca de allí la voz del Rey, que vino y se sentó junto a ellas mirando también hacia abajo, donde estaba el Valle, y dijo dulcemente a Gracia y Gloria:

—«Oh tú que habitas en los huertos, los compañeros escuchan tu voz; házmela oír» (Cantar de los Cantares 8:13).

Gracia y Gloria se volvió hacia él y puso la mano sobre su brazo.

—Mi Señor -dijo-, estábamos hablando acerca de la gente que vive allá abajo, en el Valle de Humillación y Sombra de Muerte. Son mis parientes, tú conoces a cada uno de ellos. ¡Son tan desdichados y desventurados! ¿Qué podemos hacer por ellos, mi Señor? No saben nada acerca del gozo de los Lugares Altos y del Reino del Amor. Allí está mi pobre tía Pesimista. Viví con ella bastante tiempo y sé que es completamente desdichada.

—La conozco -dijo quietamente el Rey-. Sí, ciertamente es una mujer muy desdichada.

—Y su hija Tenebrosa -continuó Gracia y Gloria, mirándole suplicante mientras hablaba-. Se casó con Cobarde, el hijo del viejo señor Tenebroso (rico, muy rico, pero mucho mayor que ella y es un ser realmente mezquino y egoísta). Creo que desde entonces no ha vivido ni un solo momento de paz. Antes de que yo me fuera, hubo un rumor en el Valle de que pensaba abandonarla.

—Ya lo ha hecho -dijo el Rey-, y ella ha vuelto a la casa de su madre. Es una mujer muy desdichada y desilusionada, con el corazón completamente quebrantado.

—Y su hermana Rencorosa: ¡pobre criatura!, con su lengua tan afilada que constantemente le gana enemigos y le priva de amigos. Se casó con Tímido-Huidizo y son rematadamente pobres; viven en una pequeña y mísera habitación alquilada en la casa de mi primo Amargura y su esposa. No soporto el pensar en su triste condición, mientras que yo vivo aquí en el Reino del Amor.

—Son desgraciados, ciertamente que sí -dijo el Rey con una voz llena de compasión y dulzura-. Recientemente han perdido a su hijita, que era la única esperanza de la pobre Rencorosa, su única ilusión, capaz de traerles un poco de alegría dentro de su desdicha.

—Y luego -continuó Gracia y Gloria, esta vez con un tono de duda en su voz-, allí está también su hermano, Malicioso...

Miraba al Rey mientras hablaba, pero al mencionar ese nombre hizo una pausa, y continuó apresuradamente:

—Es el más infeliz de todos los de la familia. Ha destrozado el corazón de su madre; ni siquiera sus hermanas le dirigen la palabra y anda ocultándose por el Valle, odiado por todos.

—Le conozco -dijo el Rey con voz grave, pero con una cierta sonrisa-. Le conozco muy bien. Y no exageras cuando hablas de lo vil y miserable que es. He tenido que intervenir y castigarle varias veces para tratar de corregir sus inclinaciones malignas y pendencieras. Pero aunque le he castigado con dolor y pena, no le he entregado a la muerte.

—¡No, no! -exclamó Gracia y Gloria, implorando-, ¡no lo hagas, mi Señor! Oh, te lo ruego: trata de encontrar alguna manera de rescatarle y liberarle de sí mismo, como me has liberado a mí.

Por un momento, el Rey no le dio respuesta alguna; se limitó a mirarla con una mirada dulce de contentamiento y felicidad. Por fin habló:

—Estoy más que deseoso de hacer lo que sugieres, pero, Gracia y Gloria, estas almas infelices de las cuales estamos hablando, no me permitirán entrar en sus casas, ni tan siquiera hablarles. Necesito una voz que hable por mí, que les persuada de que me permitan ayudarles.

—Entiendo lo que quieres decir -dijo Gracia y Gloria contenta-. Iremos abajo contigo, les hablaremos y les mostraremos lo que has hecho por nosotras y lo que quieres hacer por ellos.

—¿Crees que te escucharán? -preguntó él, sonriendo con mucha dulzura.

—No, no creo que nos escuchen, al menos al principio -contestó ella-. No fui la clase de persona apropiada para que ahora me escuchen; no me comporté con ellos de una forma amorosa. Pero tú, Señor, me dirás lo que debo decirles; tú me enseñarás lo que debo hablar y yo lo diré por ti.

—¡Oh, mi Señor, deja que nos apresuremos a descender allí! Cuando vean lo que tú has hecho por mí, cuando vean a Paz y Gozo, estoy convencida de que aceptarán también tu ayuda. Es por las muchas mentiras que se han dicho sobre Ti entre ellos, por lo que se han persuadido de que no puedes hacerles bien; y por eso te resisten y se alejan de tu ayuda. Pero yo les argumentaré y creo firmemente que les convenceré, especialmente ahora, Señor mío, que son tan desgraciados y están tan desesperados. Su misma soledad y tristeza les hará más dispuestos a escuchar las Buenas Nuevas de tu gracia y tu deseo de ayudarles.

—Es verdad -asintió él-. También yo pienso lo mismo; es el tiempo favorable para bajar y tratar de ayudarles.

Levantó sus pies del suelo mientras hablaba, ella lo hizo también, y los cuatro se dirigieron gozosos desde la cumbre de los Lugares Altos, dispuestos a correr y saltar otra vez hacia el Valle. Entonces, Gracia y Gloria vio que la gran catarata que tenían a su lado saltaba también más caudalosa y con más fuerza hacia la hondura, y con el estruendo tumultuoso y alegre de sus muchas aguas cantaba de nuevo la canción:

LA CANCIÓN DEL AGUA

¡Oh, ven, ven, vamos corriendo
más abajo, noche y día!
¡Qué gozo es bajar, bajar...
humillarse cada día!
Hallar el postrer lugar
do útil pueda uno ser,
dejando las altas cumbres,
cumpliendo nuestro deber.

Pues sólo el agua que baja
hasta entrar en el gran mar,
volverá a ser elevada
por el sol en su brillar.
La aparente rechazada,
que nadie utiliza ya,
será de nuevo ensalzada
y a las cumbres volverá.

De repente, Gracia y Gloria lo entendió todo: igual que había hecho con ella, el Rey del reino del Amor había traído a los Lugares Altos a una multitud incontable, para que pudieran entregar sus vidas voluntariamente con renuncia y feliz abandono, y bajar luego con él a los lugares desolados y tristes para compartir con otras personas la vida que habían recibido. Ella misma no era más que una gota en aquel inmenso mar de dadores de sí mismos, seguidores del Rey del Amor, unidos con Él y unidos unos con otros, todos ellos igualmente bendecidos y amados «porque él nos amó a cada uno de nosotros personalmente -reflexionó en su interior- como si fuéramos la única persona a quien amar».

Mientras pensaba esto, considerándose a sí misma como una gota de la gran catarata, se sintió arrebatada y transportada por un éxtasis de gozo mayor de lo que se puede expresar con palabras. Por fin podría saltar descendiendo hacia abajo juntamente con él, dándose a sí misma por amor.

–Me trajo a las alturas precisamente para esto -dijo.

Y mientras decía esto, miró al Amado, quien asintió con la cabeza.

Entonces empezaron a descender saltando por el monte que se extendía ante ellos, de peñasco en peñasco, de roca en roca; limitando, no obstante, sus saltos a distancias que estuvieran a su alcance y rocas y peñascos con protuberancias adecuadas a sus pies poco experimentados. Detrás de Él iba Gracia y Gloria, y sus amigas Gozo y Paz a su lado, corriendo todos hacia abajo, como las aguas, que saltaban y cantaban a su lado. De tal modo que unieron sus voces a la música gozosa de las aguas, cantando esta canción:

> *¡Huye, huye, amado mío!*
> *y sé así semejante*
> *al gozoso cervatillo*
> *que baja de las montañas,*
> *del monte de los aromas.*
>
> *Yo a tu lado bajaré,*
> *como tú por mí bajaste...*
> *Donde me guíes iré*
> *y siempre te serviré,*
> *ya que por mí te entregaste.*

Probablemente, lectores, sepáis que éste es el último versículo del *Cantar de los Cantares* de Salomón; pero para «Gracia y Gloria» (antes «Miedosa») era el principio de un cántico nuevo.